박경리의 『토지』 읽기

세창명저산책_059

박경리의 『토지』 읽기

초판 1쇄 인쇄 2018년 8월 24일
초판 1쇄 발행 2018년 9월 1일
-
지은이 최유찬
펴낸이 이방원
기획위원 원당희
편집 윤원진·김명희·이윤석·안효희·강윤경·홍순용
디자인 손경화·박혜옥 **마케팅** 최성수
-
펴낸곳 세창미디어
출판신고 2013년 1월 4일 제312-2013-000002호
주소 03735 서울시 서대문구 경기대로 88 냉천빌딩 4층
전화 02-723-8660 팩스 02-720-4579
이메일 edit@sechangpub.co.kr 홈페이지 http://www.sechangpub.co.kr/
-
ISBN 978-89-5586-533-2 02810

ⓒ 최유찬, 2018

이 도서의 국립중앙도서관 출판시도서목록(CIP)은 서지정보유통지원시스템 홈페이지(http://seoji.nl.go.kr)와
국가자료공동목록시스템(http://www.nl.go.kr/kolisnet)에서 이용하실 수 있습니다. CIP제어번호: CIP2018025422

세창명저산책_059

박경리의 『토지』 읽기

최유찬 지음

세창미디어
MEDIA

머리말

이 책은 박경리의 대하소설 『토지』에 대한 읽기를 목표로 한다. 여기서 목표로 삼은 '읽기'에는 두 가지 작업이 포함된다. 하나는 필자가 작품에서 읽은 것이 무엇인지 그 실상을 보여 주는 일이며, 다른 하나는 독자들이 작품을 어떻게 읽어야 하는지 그 방법을 제시하는 일이다. 이 두 가지는 기본적으로 비평이 떠맡아야 할 과업에 해당한다. 구체적인 예술현상을 주제로 해서 거기에 나타나는 여러 가지 의미를 논하고 그 과정에서 작가와 감상자에게 독서의 방향성과 사고의 실마리를 마련해 주는 것은 모든 비평 활동에서 찾아볼 수 있는 일반적인 역할이다. 이 두 가지 작업은 분리되어 있는 듯이 보이면서도 내면적으로 상호 간에 착잡하게 얽혀 있다. 작품의 실상을 보여 준다는 것은 이미 특정한 방법, 특정한 관점에 의해 인지된 내용이 있다는 것을 전제하며, 읽는 방법을 제시한다는 것은 그것이 다른 방법보다도 작품세계를 보다 효율적으로, 정확히 파악하게 한다는 판단을 근거로 할 때 가치 있는 것이 된다. 그러나 특정한 읽기 방법이나 그 방법을 통해 얻어진 의미를 특권화하는 태도나 관점은 현대 비평 이론에 의해 일찍부터 배척되거나 비판을 받아 왔다. 저자의 의도를 파악했다고 해서 작품을 제대로 읽었다고 확신할 수 없다는 생각은 의도의 오류 개념으로 이론화되었고 독자의 역할이란 작품의 일방적인 수용이 아니라 생산적인 것이란 관점도 널리 인정되고 있다. 그 관점은 과정으로서의 텍스트라는 혁신적 견해를 발판으로 삼아 텍스트와 작품을 구분하여 이해하게 만들었고, 그것은 텍스트가 없는 곳에는 연구의 대상, 심지어는 사고의 대상도 없다는 텍스트로서의 세계라는 관념, 텍스트 밖은 없다는 주장에까지 이르게 된다.

이러한 상황에서 『토지』의 읽기를 실행하고자 하는 우리의 문제를 더욱 꼬이게 하는 것은 『토지』라는 작품이 지니고 있는 특성이다. 전집판으로 20권이나 되는 작품의 분량은 독서 자체를 어렵게 할 뿐만 아니라 독자를 미로에서 헤매게 만들기 십상이다. 나무만 보고 숲을 보지 못한다는 말은 『토지』가 이루고 있는 거대한 정글 속에서 헤매고 있는 사람들의 처지를 나타내기에 안성맞춤의 표현이다. 『토지』에 대한 비평이나 감상에서 자주 마주치게 되는, 작품이 부분만으로도 독서의 즐거움을 준다는 입장은 나름으로 일리가 있는 견해이긴 하지만 다른 측면에서 고려하면 숲 전체를 볼 수 없기 때문에, 또는 보려고 하지 않기 때문에 나온 궁색한 변명일 가능성이 농후하다. 그간에 이루어진 『토지』 비평 대부분이 주로 부분적인 사항에 초점을 맞추어 이루어진 것도 작품이 지닌 풍부성에 의해 가능해진, 그러나 작품과의 정면대결을 회피한 담론 방식이 아닌지 반성해볼 여지가 있다. 그 점에서 『토지』를 완독하기 어렵다는 사실과 독서를 하더라도 그 의미를 제대로 파악했는지 그렇지 않으면 작품의 늪에 빠져 허우적거리고 있는지 쉽게 가늠하기 어렵다는 사정은 이 책의 서술에 이중의 부담을 지운다.

통상 비평은 작품에 예술적으로 형상화된 세계를 환기함으로써 그 의미를 드러내고, 그 의미화가 어떤 방식으로 이루어지고 있는지 분석함으로써 그것이 지닌 예술작품으로서의 가치를 평가한다. 그런데 『토지』의 경우 분량의 방대함으로 말미암아 작품에서 형상화된 세계를 환기하는 작업 자체가 엄청난 노력과 시간을 요구한다. 그 작업을 조금이나마 간소화하기 위해서는 어떤 특별한 방책이 필요한데, 그 방책을 동원하는 데에는 일종의 신비에 가까운 작품의 특질이 장애가 된다. 물론 『토지』가 지닌 신비는, 예술성을 획득하여 그 나름의 아우라를 지니게 된 작품에서는 대부분 ―얼마간 정도 차이가 있다고 할지라도― 공통적으로 엿볼 수 있는 특질이다. 하지만 『토지』의 경우 그 신비는 일종의 에피파니와 같은 성격을 지니고 있어 겉모습과 신비 사이에 현격한 거리가 있다는 데 문제가 있다. 이와 관련하여 줄리아 크리스테바는 일찍이 작품의 표층구조인 현상텍스트와 심층구조인 생성텍스트를 구분한 바 있다. 작품에 대한 분석은 현상텍스트를 생성텍스트에서 분해·분리하여 감추어진 의미를 찾아야 한다는 견해인데, 문제는 생성텍스트가 현상텍스트의 가면을 쓰고 있으면서도 우리의 눈앞에 가시적으로 현전하지 않는다는 데서 생긴다.

그렇지만 크리스테바와 유사한 관점은 로만 인가르덴의

형이상학적 특질이란 개념이나 E. M. 포스터의 패턴과 리듬이란 개념 등에서도 찾아볼 수 있다. 인가르덴은 분위기를 지님으로써 황홀한 통찰의 대상이 되는 작품의 특질을 형이상학적 특질이란 개념으로 이론화했고, 포스터는 아나톨 프랑스의 『타이스』와 헨리 제임스의 『대사들』이 모래시계 구조를 지니고 있고, 퍼시 러보크의 『로마구경』은 커다란 고리 모양의 구조를 지니고 있다고 설명했다. 특히 포스터는 이 패턴이나 리듬들이 구름장 사이로 비치는 햇살과 같이 원천으로부터 분리되어 나타나는 성격을 지니고 있다는 점을 지적하여 현상텍스트와 생성텍스트 사이에 인과적 관계를 넘어선 일종의 비약이 있음을 말하고 있다. 서로 층위가 다른 지점에서 생성되는 작품의 신비들을 자기 나름으로 이론화하거나 범주화하고 있는 셈이다. 이러한 양상은 비교적 최근에 진화 이론을 문화예술에 적용하여 책을 낸 브라이언 보이드라는 학자의 견해에서도 간취되는데 보이드는 E. M. 포스터와 같이 패턴을 통해 이야기를 파악하는 방법을 인간의 본성과 관련지어 다음과 같이 설명하고 있다.

"인간은 특이하게도 인지영역에 거주한다. 즉 우리는 지능으로부터 최대한 이득을 취한다. 그래서 우리는 정보에 대한 욕구를 가지고 있으며, 특히 유의미하게 배열된 정보로부터 풍부한 추론을 이끌어 낸다. 정보를 획득하고 분석하는 일은 쉽지 않지만, 거기서 귀중한 행동의 토대를 얻을 수 있기 때문에 인간 본성은 감각과 정신을 진화시켜 특정한 삶의 양식에 적합한 정보를 수집하고 처리한다. 다른 종들처럼 인간도 전문화된 패턴 인식pattern recognition(과거 정보의 형상을 기억하고 이것과 새로운 정보의 형상을 비교하는 인식 방식: 옮긴이)이 허용하는 신속한 처리를 통해 정보를 흡수하지만, 다른 종들과 달리 우리가 정보를 추구하고 형성하고 공유하는 방식은 자유롭고 개방적이다. 패턴은 자료를 빠르게 이해할 수 있게 해 주므로 우리는 패턴을 적극적으로 추구한다. 특히 우리의 정신, 우리의 가장 귀중한 정보기관인 시각과 청각, 우리의 가장 중대한 분야인 사회적 정보에서 풍부한 추론을 만들어 주는 패턴이 중요하다."[1]

---

1   브라이언 보이드, 『이야기의 기원』, 남경태 옮김, 휴머니스트, 2013, 31-32쪽.

보이드가 말하는 패턴은 '풍부한 추론'을 이끌어 낼 수 있도록 '유의미하게 배열된 정보'를 말한다. 그러므로 보이드가 사용하는 '패턴'의 개념은 포스터가 말하는 '패턴'이나 '리듬'의 개념과 같이 일정한 단위의 사물에 내재하는 질서나 규칙성을 뜻하는 것이기는 하지만 작품 전체보다도 세부 단위에 깃든 내적 질서의 특성을 주안점으로 한다는 점에서 그 개념의 포괄범위가 좀 더 넓다. 그런 측면에서 『토지』라는 작품이 현상텍스트와 생성텍스트라는 구분, 형이상학적 특질이나 패턴이라는 개념에 부합하는 성질을 지닌 것인지에 대해서는 좀 더 면밀한 검토가 있어야겠지만 작품의 표층에서는 그 흔적을 찾아볼 수 없는 또 하나의 세계가 『토지』의 현상텍스트 뒤에서 장엄한 스펙터클을 펼치고 있는 것만은 틀림이 없다.

필자는 기왕에 그 스펙터클을 빅뱅의 사건으로 요약한 바 있고, 그 사건이 작품을 어떻게 새롭게 볼 수 있게 하는가에 대해서 상세히 서술한 바 있는데 작품에서 환기되는 실재세계에서 빅뱅이란 심층구조에 이르기 위해서는 몇 개의 단계를 거쳐야 한다. 『토지』의 경우 그 단계는 다층적이다. 작품 전체가 하나의 패턴이기도 하고 소설을 이루는 다섯 개의 부部가 각기 하나의 패턴을 가지고 있기도 하며 그 아래에 있는 편篇이나 장章이 나름의 패턴을 구성하기도 한다. 이 점을 감안하면 『신곡』의 저자인 단테가 자신의 작품을 읽는 방법을 네 가지로 구분했다는 사실도 『토지』 읽기에 참조가 된다. 곧 단테는 작품에 나타나 있는 문자 그대로의 의미와 거기에서 도출되는 알레고리적 의미, 도덕적 의미, 신비적 의미를 순차적으로 말하고 있는데 중세 서양의 성서해석학에 연원을 두고 있는 이 구분 방식은 생성텍스트로서 『토지』의 감추어진 의미를 읽어 내는 데도 하나의 타산지석이 된다. 그러나 『토지』의 읽기에 개재되는 '신비'의 문제와 관련하여 고찰할 때 층위에 따라 서로 다른 의미를 읽어 내는 방식보다 더 중요하고 가치 있는 방법은 다음의 글 속에서 간략하게 시사되고 있는 읽기 방법이다.

「트로이의 여인들」에서 본질적 통일을 느낄 수 없는 사람은 그의 희곡을 계속 느낄 수 없을 것이다. 비평의 일은 우리에게 느끼게끔 돕는 것이 아니라 예술가가 어떻게 우리에게 느

끼게끔 고안하고 있는가를 설명하는 것이다. 「트로이의 여
인들」의 통일성은 헤쿠바의 계속적인 현존에 의존하는 것이
아니라 훨씬 더 중요한 것에 의지하고 있다."[2]

「트로이의 여인들」은 고대 그리스의 3대 고전비극작가로
손꼽히는 에우리피데스의 작품이다. 이 작품은 사건이 끝
난 뒤를 다룬 작품이라는 점에서, 그리고 저주받은 가문의
이야기를 펼치고 있다는 점에서, 또한 눈처럼 차곡차곡 쌓
이는 슬픔을 표현하고 있다는 점에서 세계문학 가운데서
『토지』와 가장 가까운 거리에 있는 작품이라고 할 수 있다.
이 작품을 거론하면서 논의되는 내용은 비평의 과업이 독
자가 작품에서 직접 느끼게끔 도와주는 데 있는 것이 아니
라 예술가가, 우리가 느끼게끔 어떻게 고안하고 있는가를
설명하는 데 있다는 것이다. 이 내용은 『토지』 읽기의 두 가

---

2 H. D. F. Kitto, *Greek Tragedy*, London, 1973, p. 251. 「트로이의 여인들」은 관
심의 통일성을 보여 주는 작품이다. 거기서는 부분이 더욱 세밀해지고 설화
성을 거의 상실하여 개개의 에피소드가 공통으로 지시하고 있는 이념적 주제
쪽으로 독자를 이끌어 간다. 사사끼 겐이찌, 『예술작품의 철학』, 이기우 옮김,
도서출판신아, 1994, 113쪽.

지 측면과 긴밀하게 결부된다. 느낀다는 것은 작품의 내용을 파악하는 일을 가리키며 어떻게 고안하는가를 설명한다는 것은 읽는 방법을 제시하는 일에 해당한다.

그러나 인용문에서 가장 주목해야 할 사항은 '본질적 통일을 느낀다'는 말에 나타난 인식이다. 우리는 작품을 읽고 내용을 이해하며 의미를 해석하고 가치를 평가한다. 그 과정을 압축하여 말하면 작품에 공감하고 그리하여 감동이나 감흥을 얻는다고 말할 수 있다. 그런데 인용문은 그 과정을 '본질적 통일에 대한 느낌'으로 제시한다. 독자는 작품의 본질적 통일을 통째로 느끼는 것이고, 비평가는 작가가 어떻게 그와 같이 느끼게끔 고안하고 있는가를 독자에게 설명해야 한다는 것이다. 여기서 핵심적인 개념으로 '느낌'이 부각된다. 인용문에서 '느낌'은 우리의 감각, 지각의 차원을 지시하는 것이 아니다. 작품을 총체적으로 감수할 때 수용자에게 일어나는 어떤 일을 가리킨다. 그 사실은 「트로이의 여인들」에서 처음부터 끝까지 무대에 나와 있는, 『토지』에서 주인공 격인 최서희가 수행한 것과 같은 역할을 하는, 헤쿠바의 계속적인 현존이 작품의 본질적 통일의 원천이 아니라는 견해에 나타나 있다. 현상텍스트와 생성텍스트를 구분한 크리스테바의 관점에서 헤쿠바의 현존이 현상텍스트에 해당하는 것이라면 생성텍스트는 본질적 통일을 이루는 '훨씬 더 중요한 것'이고, 느낌은 그 본질적 통일을 이루는 것에 대한 수용자의 전면적인 감응으로부터 얻어진다.

이 본질적 통일에 대한 느낌은 화이트헤드의 과정철학에서 근간을 형성하는 파악 이론으로도 어느 정도 해명될 수 있고, 동양의 사형취상捨形取象(형태를 버리고 움직임을 취한다) 방법으로도 설명할 수 있는 것이지만 『토지』가 지닌 신비는 불교의 열반증득涅槃證得에 가까운 것이다. 곧 제임스 조이스가 에피파니를 자신의 창작에 전천후로 이용했다면 『토지』는 현상세계의 모든 운동이 속도가 빨라짐에 따라 선분으로 바뀌어 빛으로 변환하고, 그 빛이 한데 모이면서 예술적 형상으로 응결하는 신비를 보여 주는 것이다. 그 과정에서 주체와 객체가 하나로 혼융되면서 얻어지는 느낌, 작품의 본질적인 통일을 통해 얻어지는 느낌은 변환의 중심적인 기제가 된다. 그러므로 '느낌'을 이야기한다는 것은 그 자체로 작품 수용의 높은 단계를 의미하는 것이며

『토지』의 신비는 그 가운데서도 최상층의 단계에서 엿볼 수 있는 한 경지, 경계이다. 이로 인해 이 책이 목표로 하고 있는『토지』읽기는 난관에 봉착한다. 작품의 현상세계를 가능한 한 구체적으로 보여 주어야 할 필요성과 의식의 긴장과 집중을 통해 열리는 높은 경계에 이르기 위한 독서 방법을 얼마간이라도 제시해야 할 필요성이 상호 충돌하는 것이다.

이 책의 서술 전략은 그 모순을 극복하기 위한 한 방안으로 마련되었다. 작품을 읽고 나서 거기에 표현된 세계를 파악하기 위한 의식의 긴장과 집중 속에 획득된 본질적 통일에 대한 느낌에서 돌아와, 텍스트에 나타난 현상세계의 개별적 사실들을 재배치하고 의미를 부연하면서 표층과 심층의 거리를 최대한 단축하고자 한 것이다. 여기에는 불가피하게 주관적 판단이 끼어들 수밖에 없다. 예컨대 작품이 진행되면서 독자가 느끼는 긴장의 강도, 리듬, 시공간의 두께, 입체감 등이 달라지는 양상을 일일이 표시하는 일은 현실적으로 불가능하다. 그 일은 이 책에서 제시되는 읽기 방법을 독자 스스로가 실행하면서 작품을 느낄 때 어렴풋이

감지할 수 있는 영역이다. 그러한 까닭에 이 책에서는 사건을 공평하게 제시한다든가 인물들의 인상이나 감정변화를 국면에 따라 새롭게 천착하는 일을 생략하는 것이 부득이했다. 부수적인 사항은 옆으로 밀쳐 두고 중심적인 사건의 진행을 보여 주는 데 주로 관심을 기울이면서 전체를 이끌고 앞으로 나아가는 데 힘을 쏟았고, 각 국면이 작품에서 차지하는 의미를 설명하여 독자가 전체에 대한 감각을 가질 수 있도록 배려했다. 작품을 전면적으로 느끼는 것은 근본적으로 독자의 몫이고, 작가가 자신의 작품에서 어떻게 느끼게끔 고안하고 있는가를 설명하는 것은 비평의 몫이기 때문이다.

| 차 례 |

1장
박경리의 생애와 문학세계

박경리는 1926년 10월 28일 경상남도 통영군 통영읍 명정리 402번지에서 박수영朴壽永 씨와 김용수金龍守 씨 사이의 맏딸로 태어났다. 본이름은 금이今伊이며 '경리'란 이름은 작가를 문단에 추천한 김동리 작가가 지어 준 것이다. 초등학교 다닐 때에는 집 근처에 있는 세병관洗兵館에서 공부했으며 중등 과정은 진주고등여학교를 졸업했고 해방 후 2년제 사범대학인 수도여자사범대 가정과를 수료했다. 진주여고를 졸업한 이듬해인 1946년 김행도와 결혼해서 딸과 아들을 얻었으나 1950년 남편과 사별했다. 1953년 피난 가 있던 통영에서 서울로 돌아와 잠시 신문사와 은행 등에 근무하기도 했다. 1955년 단편「계산計算」이 김동리의 추천을 받아 〈현대문학〉에 게재되었고 1956년「흑흑백백黑黑白白」이 연속 추천돼 문단에 등단했다.

　작가의 생애와 문학의 관계를 살피는 이 자리에서 간략하게나마 가족사의 한 단면을 돌아보는 일이 필요해 보인다. 작가의 삶이나 문학적 기질을 이해하는 데 그것이 도움이 되기 때문이기도 하지만 박경리의 삶과 문학에 대한 사람들의 관심이 증대하면서 사실이 왜곡되는 일이 빈번히 발생하기 때문이기도 하다. 그 왜곡으로 인해 작가가 불편해하고 유족들이 마음의 상처를 입는 것은 누구도 바라지 않는 일일 것이다. 그렇지만 현실에서는 그런 일이 발생한다. 작가는 생전에 자신의 작품과 가족사를 연계시켜 논평한 평론에 대해서 일절 언급을 하지 않았다. 여기에는 딱한 번 예외가 있었는데 작가의 가족사를 직접 언급한 한 비평에 대해서 매우 불편한 심기를 내보였다. 이런 일은 최근 유족들에게서도 일어났다. 작가의 부모님에 대한 한 평론의 서술이 사실을 왜곡하고 있다는 항변이었다. 이 문제에 대해서는 작가로부터 들은 바가 있는 필자가 직접 해명할 수도 있지만 그것은 또 다른 오해를 불러일으킬 수도 있기 때문에 여기서는 작가의 가족사와 문학의 관계에 대해서 기중 가장 온당한 의견을 피력하고 있다고 생각되는 조윤아의 글 가운데 일부분을 인용하고 거기에 필자가 알고 있는 사실 몇 가지를 첨가하기로 한다. 조윤아는 박경리의 첫 장편소설 『애가』가 작가의 개인적이고 내밀한 결핍을 충족시키는 구성과 결말을 보여 주고 있다는 점을 지적하며 이렇게 말한다.

"박경리는 자신의 출생 자체를 '불합리'하다고 했다. 왜냐하면 '아버지는 죽는 날까지 어머니에 대하여 타인이라기보다 오히려 적의에 찬 감정으로 시종일관'했음에도 불구하고 '사랑하지도 않고 그렇게 미워한 여인에게 나를 낳게' 했기 때문이라는 것이다. '14세 나이에 네 살 연상인 어머니와 결혼했던 아버지는 열여덟에 나를 보았'으나 '조강지처를 버리고 재혼'하였으며, 박경리는 아버지가 재혼한 그 여성을 사랑했던 것으로 기억한다. 또 그는 '증오하고 학대하던 남자의 자식을 낳게 해주십사고' 산신에게 애원을 한 어머니를 '경멸

했었다'고 했다. 왜냐하면 '그것은 사랑의 강요였기 때문'이
라는 것이다. 박경리에게 사랑의 강요는 경멸의 대상이 되고
사랑의 추구는 동정의 대상이 된다. 『애가』의 인물들이 현실
세계에서 비상식적으로 보이는 결정을 내리고 그것을 실행
에 옮기면서 결국 이루고자 하는 것은 사랑의 완성이다. 그
것은 반드시 자기 자신의 사랑을 위해서가 아니며, 오히려
자신의 희생이 있을지언정, 누구의 것이든 사랑이 이루어질
수 있도록 하기 위함이다. 이러한 등장인물의 행동은 다른
작품에서는 거의 찾아보기 힘든 실정이다. 박경리는 '어머니
에 대한 연민과 경멸, 아버지에 대한 증오, 그런 극단의 감정
속에서 고독을 만들었고 책과 더불어 공상의 세계를 쌓았'
으며 '분노와 고통과 비애는 글을 쓰는 행동으로 지탱이 되
었다'고 하였다. 그러나 한편으로 그는 아버지에 대한 동정
과 그리움을 드러내기도 한다. 그는 '딸에 대한 죄책감도 있
었겠지만 너무나 젊은 아버지였었기에 평소 나를 어려워했
던 것'을 기억하며 '6·25 때 피난 간 고향에서의 아버지는 몹
시 불우했다. 만주에서 빈손으로 나온 데다 상처喪妻까지 했
으니'라며 아버지를 동정하기도 한다. 또 성미가 '불칼 같았

고 조금은 낭만적이며 우승컵 같은 것도 받은 운동선수의 경력도 있고 미식가이며 의복에 까다롭던 아버지의 '강한 기상은 아무도 꺾을 수 없었'다면서 멋있는 아버지를 추억한다. 뿐만 아니라 '후일 들은 얘기지만 중국에 있을 때 내 사진을 꺼내어 곧잘 친구들에게 자랑을 하곤 했다'면서 자신을 잊지 않고 기억해주는 아버지의 모습에 의미를 부여하기도 한다. 증오이자 그리움의 대상인 아버지는 작가의 생애에서 최초의 결핍 대상이었다고 해도 과언이 아니다."[3]

작가의 가족사에서 기왕에 문제가 되어 있던 사항은 출생이 '불합리'했다는 언급과 어머니와 아버지의 결혼을 재혼으로 규정하고 있는 부분이다. 자신의 출생이 '불합리'했다는 작가의 표현이 뜻하는 바는 조윤아의 설명 속에서 충분히 해명이 되었다고 할 수 있다. 서로 사랑하지도 않는 사람들 사이에서 자신이 태어난 사태를 작가가 '불합리'라고 표현하고 있을 따름이기 때문이다. 그에 비해서 작가 부

---

3   조윤아, 『박경리 문학 세계』, 마로니에북스, 2014, 31-32쪽.

모의 결혼이 재혼이란 일부 평론의 표현은 구체적인 사실을 알아보지도 않고 내린 단정에 속한다. 우선 열네 살 나이의 아버지가 조강지처를 버리고 재혼한 경우를 상정하기 어려울 뿐만 아니라 당시의 호적은 아직 충분히 체제가 잡혀 있지도 않은 상태였다.

작가의 부모는 각기 열네 살과 열여덟 살의 나이에 결혼했으나 혼인신고는 하지 않았다. 4년 뒤 맏딸을 낳았으나 아버지와 어머니 사이의 갈등은 더 이상 어찌할 수 없는 상태에 이르러서 양쪽 집안의 어른들이 개입하여 두 사람의 이혼에 합의했고, 아버지는 자신이 좋아하는 여인과 결혼할 수 있었다. 그러나 이 여인이 아버지에게 등록금을 받으러 간 작가에게 함부로 했다가 집안 어른들에게 야단을 맞고 그 뒤부터는 깍듯이 공대했다는 사실은 작가의 글 속에 기록되어 있다. 맏딸로서 집안사람들의 두호를 받은 것이다. 그러나 아버지와 어머니가 헤어진 사정을 나중에 자세히 알게 된 작가는 어머니에 대해서는 연민과 경멸을, 아버지에 대해서는 증오의 감정을 품게 된다. 그 극단적인 감정이 작가의 문학의 출발점에 놓여 있었던 셈이다. 작가가 비교적 생활이 여유로웠으면서도 어머니와 자신을 돌보지 않은 아버지에 대해서 증오의 감정을 지녔고, 그로 말미암아 남성에 대해서도 결코 굴하지 않고 당당히 맞서는 태도를 가지게 된 것은 작가의 문학정신이 형성되는 데 크게 영향을 미쳤던 것이다.

어렸을 때부터 집안 문제로 정신적 고뇌를 겪어야 했던 박경리는 진주여고 시절 많은 책을 읽는 동시에 틈틈이 시를 지었다. 지인을 통해서 김동리 작가에게 작품을 보여 줄 때에도 먼저 시작품을 보여 주었으나 소설을 써 보는 것이 좋겠다는 말을 듣고 이후 소설로 전환했다. 초기의 소설에는 첫 작품 「계산」에서 볼 수 있는 바와 같은 심리적 사실주의 경향이 농후했고 「불신시대」와 같이 작가 자신의 주변에서 일어나는 사건을 소설화한 작품도 많아 사소설작가란 혐의를 받기도 했다.

그러나 『표류도』 등의 장편소설이 발표되기 시작하면서 작가는 사소설의 혐의를 벗게 되었고 전작 장편 『김약국의 딸들』과 『시장과 전장』을 발표하면서 중후한 작품 경향을 드러내게 된다. 여기에 결정적인 전환을 가져온 것이

1969년 9월부터 〈현대문학〉에 연재되기 시작한 『토지』다. 작가 박경리에 대한 문학계의 담론은 『토지』 이전과 이후가 다르다고 할 만큼 급변했으며 그 작품은 작가가 각종 문학상을 수상하는 계기를 마련해 준다. 그렇다면 『토지』를 통해서 드러난 작가의 작품세계가 지닌 특징은 무엇인가. 이에 대해서는 작가 스스로 자신의 작품세계에서 문학적 기저가 되고 있는 것이 무엇인지 「나의 문학적 자전自傳」을 통해 명확히 밝히고 있어 참고가 된다.

"내 스스로 소외도 되지만 성격 자체가 남에게 불편을 안겨 주는 것도 사실이고 해서 소외되는 것도 사실이다. 지금 이런 나이가 되었어도 남자가 여자를 때리거나 농지거리, 욕설하는 것을 보면 끔찍스럽고 가슴이 떨린다. 보는 것만으로도. 흔히 말하듯 이 설움 저 설움 다해도 배고픈 설움만 할 것인가. 그러나 가로질러온 내 발자취에서 어떤 궁핍보다 잊지 못하는 것은 내 존엄이 침해당한 일이다. 결코 지워지지 않는 피멍 같은 것, 인간의 존엄과 소외, 이것이 아마도 내 문학의 기저基底가 아니었나 싶다. 사랑은 그것이 어떤 형태나 성질이든 결코 존엄에 손상을 주지 않는다. 사랑은 사람을 소외하지 않는다."

「나의 문학적 자전」에는 길에서 자신의 뺨을 때리고 도망가는 남자를 한사코 뒤쫓아 가 집 주소를 알아낸 이야기며 아버지한테서 뺨을 맞고 한동안 외면하고 살았던 이야기가 실려 있다. 또한 자신한테 '년' 자를 붙여서 말한 사람이 어머니 외에 아버지뿐이란 것을 횟수까지 세면서 기억하고 있는 모양새가 나오고 있다. 작가는 자신의 존엄을 해친 사건들을 기억 속에 꼭 묻어 두고 잊지 않고 있는 것이다. 그런데 작가는 이 존엄성의 문제를 소외와 연관시킨다. 자신의 결벽증이 세상으로부터의 소외를 자초하는데, 그러한 양상의 원인을 존엄을 지키기 위한 행동에서 비롯되었다고 인식하고 있는 것이다. 이런 측면에서 박경리의 문학은 존엄성의 문제를 깊이 천착하는 가운데 연륜과 함께 깊어져 간 것이라고 할 수 있다. 그 최초의 양상은 자존심이랄까 자긍심이랄까 하는 문제에서 발단된다.

데뷔작인 「계산」은 과거가 있는 여자와 약혼한 것에 대해

후회하는 듯이 발언한 약혼자를 주인공이 끝내 용서하지 않음으로써 파혼에 이르는 사건의 전말을 그리고 있다. 약혼자의 자존심, 존엄성을 생각했더라면 그러한 발언을 하지 않았을 것이란 이유에서이다. 약혼자의 그 발언은 사람을 소외시킨 것이란 논리다. 박경리의 생명사상은 여기서 벌써 싹이 트고 있다. 작가는 다른 곳에서 "버리지 않으면 안 될 경우 마지막까지 남겨 두어야 하는 것은 인간의 존엄성이며, 생명에 대한 외경인 것을 잊지 마십시오"라고 발언하고 있다.

그 논리는 자신의 자존심이나 자부심을 긍정하는 단계에서 상대의 존엄성을 존중하는 단계로, 그 휴머니즘적 차원에 근거를 두고 인간의 존엄성을 두루 인정하는 상태에서 모든 생명의 존엄성을 인정하는 상태로, 그리하여 모든 생명에 대한 외경을 실천하는 단계로 발전하고 있다. 이와 같은 사고의 발전은 어느 날 우연히 획득된 것이 아니다. 예컨대 초기작에 속하는 「벽지」와 『표류도』에서는 생명의 능동성 문제, 의지의 문제가 심도 있게 다루어진다.

이 당시에 작가는 인간의 본성을 감정과 지성, 의지의 세

분야로 나누어서 사고실험을 하고 있었는데,「벽지」에서 주인공인 혜인은 언니의 애인이었던 병구라는 남자를 감정적으로는 사랑하지만 "운명은 해후邂逅만이었지요. 그 밖에는 나의 의지입니다" 하는 말을 남기고 마음의 벽지를 향하여 떠난다. 『표류도』에서도 주인공인 현회는 감정의 대상인 이상현, 지성의 대상인 찬수, 의지의 대상인 김환규 가운데 최종적으로 김환규를 선택한다. 이와 같은 선택은 생명의 능동성 차원에서 행해진 일이라 할 수 있는데 작가는 이것을 자기 자신에 대한 존엄성, 자유의 문제와 연결시킨다. 맥락이 조금 다른 자리에서 이루어진 것이기는 하지만 다음의 발언은 존엄성과 생명의 능동성의 상관관계에 대한 작가의 인식을 잘 보여 주고 있다.

"문학 그 자체는 자기 자신에 대한 존엄성 없이 투신할 수 없는 것입니다. 자기 자신에 대한 존엄성이란 자유를 이르는 것입니다. 어떤 무엇에도 사로잡히거나 굴종해서는 안 되기 때문입니다. 정당한, 대등한 평가야말로 존중하는 일이며 존중받는 일입니다."[4]

박경리의 생명사상은 휴머니즘의 차원에서 모든 생명에 대한 평등한 공경으로 나아간다. 이 과정에서 생명의 능동성 문제는 작가의 사상이 발전하는 한 단락을 이룬다. 이 단계로부터 『토지』의 '생명 평등 공경 사상'으로 나아가는 과정을 확인하기 위해서는 『김약국의 딸들』과 같은 작품이 한몫 거들기도 하지만 거기에는 동학에 대한 새로운 인식, 『토지』의 대칭구조 등이 설명되어야 한다. 이러한 작업들은 자연히 박경리의 문학에 대한 이해가 전체적으로 깊어지는 일과 관련될 수밖에 없다.

『토지』의 완간 뒤 작가는 시집 등을 발간하기도 했지만 소설로는 미완성작인 『나비야 청산가자』가 발표된 유일한 작품이다. 작가는 이 소설에서 지식인 문제를 다루고자 했다. 이 시대에 지식인의 좌표가 어떤 것이어야 하는가를 깊이 성찰하려고 하는 시도였음을 작가는 사석에서 밝힌 적이 있다. 그러나 180을 오르내리는 혈압 등 건강상의 문제로 창작은 중단되었고 작가는 2008년 5월 5일 숨을 거두었다.

---

4 박경리, 『꿈꾸는 자가 창조한다』, 나남, 1994, 192-193쪽.

2장
『토지』의 씨앗과 작품의 틀

　『토지』는 공식적으로 1969년 9월부터 〈현대문학〉에 연재
되기 시작했다. 그러나 연재가 시작되기 10개월 전에 작가
는 「약으로도 못 고치는 병」이란 단편을 발표했는데 그것
은 『토지』 1부 중간에 들어갈 내용과 겹친다. 이 사실로 미
루어 작가는 작품 연재가 시작되기 오래전부터 작품을 쓰
고 있었음을 알 수 있다. 실제로 작품 연재를 시작하기 3년
전에 이미 작가는 "이제부터 나는 써야 할 작품이 있다. 그
것을 위해 지금까지의 것을 모두 습작이라 한다. 그것을 쓰
기 위해 아마도 나는 이, 삼 년을 더 기다려야 할까 보다"라
고 말하고 있다. 한 작품을 쓰기 위해 몇 년 동안 이리저리

다양한 측면을 검토하며 생각을 굴리고 다지면서 붓을 다듬었고 다른 작품들을 모두 습작으로 여겼다는 것은 그 작품에 혼신의 힘을 다 바쳤다는 이야기가 된다. 그렇다면 작가가 그렇게 정성을 기울인 이야기의 원형은 무엇이고 완성된 작품에서 그 원형은 어떻게 성숙·변형되었는가. 이 질문은 작품의 씨앗이 무엇이었으며 완성된 작품의 전체적인 틀은 무엇인가, 작품에서 처음의 씨앗은 어떻게 달라졌는가를 묻는 물음에 해당한다. 『토지』의 씨앗이 된 이야기에 대해서 작가는 작품을 비롯하여 여러 곳에서 언급하고 있다. 다음의 이야기는 그중에서 비교적 정제된 것이다.

"어릴 적의 일이었고 어디서 뉘에게 들었는지 기억에 없지만 아마도 외할머니한테서 들은 얘기가 아닌가 싶어요. 외할머니의 친정은 거제였습니다. 그러니까 외할머니의 친정 집안의 일인가 봐요. 그 집은 전답이 많아서 전답을 둘러보려면 말을 타고 다녀야 했다는 것입니다. 과연 거제에 그런 넓은 땅이 있는지 의문이지만 하기는 여기저기 땅이 널려 있다면 그럴 수도 있었겠지요. 한데 그해, 말하는 사람은 그해라 했습니다. 아마 1902년 호열자가 창궐했던 그때 일인 모양이에요. 호열자가 들이닥쳐 마을에 많은 사람들이 죽었는데 말을 타고 전답을 둘러보고 다녔다는 그 집안은 여식아이 하나를 남겨놓고 가족이 모두 몰살을 했다는 것입니다. 논에는 벼가 누렇게 익었는데 벼를 베고 추수할 사람이 없었다, 대강 그런 내용이었습니다. 그런데 그 얘기가 작가수업시절 난데없이 어느 날 내 머리에 떠올랐습니다. 번개같이 지나간 그 얘기는 참 강렬했습니다. 호열자와 누런 벼, 그것은 죽음과 삶의 선명한 빛깔이었습니다. 그 맞물린 극과 극의 상황, 나는 흥분했고 떨쳐버릴 수 없는 의욕을 느꼈습니다. 그러나 바위에 주먹질하듯 무겁고 큰, 그것을 어쩌지 못하고 20년 가까이 마음속으로 삭였습니다. 호열자와 황금빛 벼, 죽음과 삶, 『토지』를 쓰게 된 동기는 바로 그것이었습니다."[5]

인용문에 빠져 있는 내용은 최 참판가로 상정되는 부잣집에 일곱 아이들을 거느린 과부거지가 찾아왔고 동냥을

---

5 박경리, 『문학을 지망하는 젊은이들에게』, 현대문학, 1995, 78-79쪽.

2장 『토지』의 씨앗과 작품의 틀 35

거절당한 거지가 부잣집 식구들의 몰살을 염원하는 저주를 했다는 내용이다. "오냐, 오늘 나와 내 새끼는 먹을 것이 없어 굶어 죽는다만 네놈의 집구석엔 창고에 쌀이 썩어 나갈지라도 먹을 입이 없을 것"이란 저주였던 것이다. 실제 작품에서 이 저주의 결과는 호열자의 창궐이라는 사건으로 구체화된다. 최 참판가의 구성원들이 손녀인 최서희 한 사람을 빼놓고 모두 죽는다는 점에서 원래의 이야기가 소설에 그대로 반영되었다고 할 수 있다.

그러나 원래의 이야기를 소설의 한 장면으로 형상화하는 것이 작가가 쓰고 싶었던 작품의 씨앗, 종자였는가에 대해서는 이견이 있을 수 있다. 작가가 이야기를 듣고 나서 창작의욕을 가지게 된 것은 사건 자체라기보다는 호열자와 누런 벼로 표상되는 '죽음과 삶의 선명한 빛깔', '맞물린 극과 극의 상황'이었기 때문이다. 곧 작가는 원래의 이야기에서 호열자와 황금빛 벼라는 핵심적 요소를 뽑아냈고 그것들의 관계를 '맞물린 극과 극의 상황'으로 파악했으며 거기에 죽음과 삶의 선명한 빛깔이란 의미를 부여했다. 여기서 자연히 호열자는 죽음의 빛깔에, 황금빛 벼는 삶의 빛깔에 상응하는 성질을 지니는 것으로 이해된다. 통상 '죽음의 검은 그림자'라는 관용적 표현은 죽음의 색깔을 나타내 주기 때문이다. 그러나 이보다 더 중요한 사실은 작가가 그것들을 맞물린 극과 극의 상황으로 파악했다는 점이다.

일반적으로 생명은 삶과 죽음이라는 상반된 것을 자기 속에 포태한 것으로 이해된다. 이 상반된 것이 공존하는 양상은 여러 가지 형태로 나타날 수 있다. 단순히 병존하는 양태를 취할 수도 있고 썰물과 밀물처럼 들고 나는 형식을 취할 수도 있으며 대립적인 것의 투쟁이라는 형태를 취할 수도 있다. 그런데 작가는 여기에 '맞물린'이라는 형용사를 쓰고 있다. 두 가지가 빈틈없이 전체에 꽉 차 있으면서 서로 힘을 겨루는 방식으로 밀고 밀리면서 대결하는 양상을 표현하는 내용이 '맞물린'이란 말 속에 포함된 함의이다.

이 점을 상기하면 '맞물린' 상태는 두 가지 차원에서 가능하다. 하나는 전체의 차원이며 다른 하나는 각 부분의 차원이다. 전체의 차원에서 밀고 밀리는 양상은 『토지』가 첫 장면인 '어둠의 발소리'에서 시작하여 맨 마지막 장인 5부 5편 7장의 '빛 속으로!'로 끝나는 데서 찾을 수 있다. 음陰의 장면에서 시작하여 양陽의 장면으로 끝나는, 태극과 같은 모양이 바로 '맞물린 극과 극의 상황'을 형상화한 것이라고 볼 수 있다. 또 부분의 차원에서는 한 사람, 한 물건, 한 사건에 극과 극의 상황이 맞물려 있다고 보는 입장이 있을 수 있다. 이러한 관점의 전형적인 사례는 동양의 유기체론에서 찾아볼 수 있다. 부분도 그 나름으로 태극이고 전체도 태극을 이룬다는 관점이 여기서 성립하는데, 박경리 작가가 한 개인 한 개인에게서 모두 피라미드가 성립한다고 보는 관점도 같은 견해라고 볼 수 있다. 작가는 이 피라미드들이 상호작용하는 관계 속에서 일어나는 작품의 진행과 변화에 관하여 이렇게 이야기하고 있다.

"성현의 비유를 하나의 정점頂點으로 삼아 봅시다. 피라미드 형태를 상상해 보세요. 아래로 내려올수록 비유는 보편화되고 개념적으로, 즉 단순해지며 성글어지는 것입니다. 넓은 저변에 와서는 보다 희소해져서 결국 그 보편성 개념마저 사라지게 되는 것입니다. 괴리현상이지요. 대체로 문화의 형태는 그와 같은 이행移行을 보여 왔던 것입니다. 그러나 어

떤 경우 어떤 현상 속에서도 변함없이 시간을 관류해 온 것
은 삶이며 목숨이었습니다. 또한 그것은 연대적連帶的으로 이
어져 왔던 것입니다. 최소의 생명체 하나일지라도 내부는 내
부대로 외부는 외부대로 연대하지 않고는 존재할 수도 변화
할 수도 없습니다. 이러한 연대적 단위를 보다 큰 것으로, 그
보다 더 큰 것으로 각각 묶어 보면서 상승하고 또 극대화하
다 보면 마지막으로 나타나는 것이 우주라는 개념입니다. 우
주를 공간으로 본다면 극대화된 개체, 연대된 단위로 생각할
수 있지 않아요? 그러한 무수한 단위를 크면 큰 대로 작으면
작은 대로 피라미드의 형태를 적용해 보면 어떨까? 그런 생
각이 문득 드는군요."[6]

작가는 『시장과 전장』이 "역사의 꼭대기에서 내려다보는
총체성이 없이 다만 6·25라는 한 부분에서만 움직이고 있
어 늘 아쉽다"는 견해를 표명한 적이 있다. 이 말을 뒤집어
생각하면 『토지』는 그와 같이 역사를 꼭대기에서 바라보는

---

6 박경리, 앞의 책, 165-166쪽.

관점에서 성립한 총체성의 피라미드라는 것이고, 그렇다면 공간적으로 사회의 미소분자에 불과한 한 개인의 삶에도 총체성의 피라미드라는 개념을 적용할 수 있다는 것이 작가의 견해다. 하나의 선분에 지나지 않는 개인의 삶의 이력도 저변으로 내려오면서 여러 가지 인간과 사물로 관계를 확장함으로써 총체성에 해당하는 하나의 피라미드가 된다는 이론이다. 작가가 "엉성해도 전체를 파악한 뒤에 속으로 들어가라"고 하는 것이나 "문장의 한 행 한 행 속에 구성은 배어 있어야 한다"고 주장하는 것은 그 이론에서 필연적으로 나올 수밖에 없는 논리다. 작가가 어렸을 때부터 읽었고 오랫동안 사숙했던 도스토옙스키의 『죄와 벌』은 첫 문장에 이미 소설의 전체 구조가 나타나 있다고 한다. 보편의 자리인 꼭대기와 그로부터 빚어지는 총체성이 피라미드를 이루는 작품의 한 전형인 셈이다.

이 점을 감안하면 『토지』 전체가 기본적으로 세 개의 피라미드로 구축되어 있음을 납득할 수 있다. 그 세 개의 피라미드 가운데 첫 번째 피라미드는 작품의 첫머리인 '서장序章'에 해당한다. 앞의 인용문에 나오는 관점을 원용해서 이해하면 이 부분은 보편의 세계를 나타낸다. '서장'은 1987년 한가위라는 시간을 제시하고 난 다음 아이와 할머니의 대조를 통해서 생명과 죽음의 양태를 추상적인 차원에서 형상화한다. 두 번째 국면에서는 풍물놀이의 소리들이 멀리까지 여울져 가는 속에 최 참판가와 마을 사람들의 동태를 정적인 장면과 동적인 장면으로 구분하여 제시한다. 세 번째 국면은 굿놀이 현장의 소란스러움과 최 참판네 사랑의 적막을 대조적인 수법으로 구체화한다. 네 번째 국면에서는 서술자의 개입에 의해 삶과 죽음의 원리가 개관槪觀된 다음 사람들의 보편적인 소망이 함축적으로 표현된다. 다섯 번째 국면에서는 최 참판가 사랑에서 벌어지는 귀녀의 동태와 함께 구천이의 모습이 관찰자적 입장에서 구체적으로 형상화되는데 이들은 다음 장부터 소설의 중심적인 사건들을 빚어내게 될 인물들이다. 이러한 단계적 구성은 보편의 차원에서 점차 실재성을 구비하여 구체성에 이르는 과정에 해당한다. 이와 같은 형태로 짜인 서장의 구조는 그것이 처음부터 마지막까지 풍물소리의 여음으로 감싸여 있다는 점에서 보편세계의 추상성을 상징

한다고 볼 수 있는데, 마지막 부분에서는 이어지는 장들에서 갖가지 사건을 빚어낼 인물들을 소설에 도입하면서 끝을 맺는다.

『토지』의 두 번째 피라미드는 소설 1부에 해당한다. 1부가 두 번째 피라미드를 구성하는 이유는 그것이 소설 전체의 피라미드에서 상단 부분에 위치한다는 점 외에 작품 전체의 정조를 대표하기 때문이다. 소설 전체의 지형도를 그리면 『토지』는 한마디로 말해서 태극의 모습이다. 그 태극의 중심에 '서장'이 놓이고 그 주위를 1부가 감싸면서 소용돌이치는 양상이 빚어져 작품의 모습이 되는데 진한 색깔로 소용돌이를 형성하는 부위는 1부가 차지하고 그다음부터는 점차 색깔이 엷어질 뿐만 아니라 움직임의 속도나 세기가 약해지고 마지막에는 하늘의 별들처럼 정지된 속에서 인물이나 사건들이 널리 산개散開하는 형태가 된다. 따라서 소설 전체 형상의 핵심 부위는 정수리에 서장을 얹고 있는 1부가 되고 점차 그것의 힘과 밀도가 약해지면서 흩어지는 모습이 2부 이후의 모습이다.

세 번째 피라미드는 1부부터 5부까지, 소설 전체가 형성한다. 이 피라미드의 모습은 사마천의 『사기史記』가 그렇듯이 북극성을 중심에 두고 원운동을 하는 별들의 모습과 닮은 형태가 되는데 중심부의 엄청난 힘을 가진 소용돌이가 점차 우주 공간에 나선螺線을 그리며 흩어지는 양상을 통해 일종의 장엄상을 연출한다. 그 피라미드는 빅뱅으로부터 전개된 총체상으로서 전체 우주의 역사화에 상응한다.

이와 같이 전체의 구조를 압축적으로 파악하는 관점에서 『토지』는 머리에 천지를 이고 있는 백두산과 같은 형태이기도 하지만 다른 한편으로는 최 참판가 3대의 여인 이야기이기도 하기 때문에 『춘향전』과 같이 신분을 넘어선 남녀 간 사랑의 성취담으로도 받아들일 수 있다. 그렇지만 그 성취담은 『춘향전』과 달리 3대에 걸쳐 점차적으로 이루어진다. 소설 속 사건들이 시작되기도 전에 일어났던 윤씨 부인과 김개주의 결합은 자의에 의한 것도 아니고 합법적인 것도 아니다. 이에 비해 소설 초두의 가장 핵심적인 사건인 별당아씨와 김환의 결연은 자의에 의한 것이기는 하지만 사회적으로는 여전히 불법적인 것이다. 마지막으로 2부에서 이루어지는 서희와 길상의 결합은 자유의지에 의한 것일뿐더러 합법적인 것이기도 하다. 이 3대의 시간을 한 장의 그림으로 압축하여 보면 『토지』는 신분의 차이를 넘어선 사랑 이야기가 되고 그 점에서 『춘향전』의 패러디라고 할 수 있다. 최서희가 소설의 중심축으로 작용하는 까닭을 여기서 살필 수 있다. 3대의 여인이 벌이는 연애담을 연대순으로 늘어놓으면 소설은 통일성을 잃기 쉽다. 이 폐단을 막기 위해서 작가는 윤씨 부인과 별당아씨의 사연을 소설의 배경으로 돌리고 최서희를 무대의 중앙에 배치한 것이다. 그러나 최서희가 소설의 중심축이 되는 이유는 작품의 통일성만을 위한 배려가 아니다. 소설의 전개를 위해 최서희가 중심축을 맡아야 할 필연적인 이유가 있는데 그 이유를 살피기 위해서는 작가가 기본적으로 소설의 틀을 어떻게 만들고 있는가 하는 데 대한 이해가 필요하다.

『토지』는 빅뱅이 만들어 낸 우주화宇宙畵이면서 태극이 원도주류圓道周流하는 나선상의 모습을 담고 있다. 이 움직임은 일정한 질서를 지니고 있다. 『토지』는 음양오행에서 상생의 순서인 목木·화火·토土·금金·수水의 질서를 밟아 나아간다. 이에 따라 1부는 목의 성질을 지니고 2부는 화의 성질을 지니면서 그 속에 토를 품고 있고 3부는 금, 4부와 5부는 수의 성질을 지닌다. 최서희는 작품에서 전개되는 역사의 시간을 실제로 살아가는 인물일 뿐 아니라 오행의 순서에 따라 달라지는 각 부의 특징을 그때마다 자신의 몸으로 대표하는, 곧 체화體化하여 보여 주는 인물이다. 따라서 그녀는 1부에서는 물의 압력을 받아 싹을 틔우는 목木의 솟구치는 운동성을 대표하고 2부에서는 화火의 넓게 펼쳐지는 운동성을 나타내게 된다. 이렇게 최서희는 계기마다 그때그때 성질이 달라지므로 성격에 일관성이 없는 것처럼 보이지만 그것은 생장수장生長收藏이란 자연의 원리를 따른 것이다. 싹이 트고 자라서 열매를 맺고 씨앗을 남기고 죽는 생명의 한 순환이 그 속에 들어 있다.

이 지점에 이르면 『토지』란 소설 제목에 대해서도 그 의미를 좀 더 깊이 있게 음미할 수가 있다. '토지'가 대지나 흙과는 다른 성질의 것이라는 사실은 많은 사람이 수긍하는 견해다. 그리하여 '토지'를 '소유'의 관념이나 모든 생명을 길러 내는 터전의 개념으로 설명하는 일이 빈번하게 일어난다. 이 견해들이 모두 일리가 있는 것은 사실이나 만족스러울 만한 해명은 아니다. 그러한 까닭에 필자는 작품의 제목을 '서장'의 구조에서 범례를 찾을 수 있는 '변화의 원리와 그 구체화'의 개념으로 읽는다. '토土' 자는 '일一'이 '십十'이 되고 '십十'이 '일一'이 되는 변화의 원리, '월인천강 만법귀일月印千江 萬法歸一'의 원리를 나타내고 '지地' 자는 그 변화의 원리가 여성 생식기(也)를 통해서 존재의 문으로 나온 것을 뜻하기 때문이다. 갑골문에서 '也' 자는 존재를 있게 하는 여성 생식기를 뜻한다. 그러므로 '土'와 '也' 자 두 자를 합쳐서 생각하면 '토지'라는 낱말은 변화의 원리(土)와 그 원리가 존재의 문으로 나와 현존하는 것(地)에 해당하는 개념을 함축한다. 이 개념이 '토지'란 제목과 어울린다는 생각은 작품의 틀이 변화의 원리, 음양오행의 질서에 따라 맞추어져 있다는 사실에 기인한다. 우리가 일상적으로 사용하는 존재存在란 낱말도 '일一'이 '십十'이 되고 '십十'이 '일一'로 종료(了)되는 것을 뜻하는 변화의 개념을 자신 안에 지니고 있다는 사실은 '토지'란 제목의 함의를 성찰하는 데 참고가 된다.

『토지』는 작품의 씨앗이 되는 원형 이야기를 지니고 있다. 그러나 작가는 원형 그대로의 이야기를 작품의 씨앗으로 삼지 않고 호열자의 검은 그림자와 황금빛 벼로 상징되는 색깔의 대조를 통해서 자신의 생각을 발전시켰다. 그것은 상상적 일반화에 해당한다. 상상적 일반화란 "정합성과 논리라는 요건에 의해 통제되는 자유로운 상상력의 작용"이다. 그러므로 작가가 한 개인의 피라미드에서 우주 전체로 확장되는 피라미드를 상상할 수 있었던 것은 씨앗에 대한 생각에서 자연스럽게 발전되어 나온 것이라 할 수 있다. 작가가 태극과 음양오행의 개념을 소설의 틀로 이용한 것은 여러 가지 이점을 갖는다. 우선 동양의 전통사상에 근거를 둠으로써 세계관적 기반을 튼튼히 할 수 있었고 그에 입각하여 중심축이라든가 작품의 진행질서를 적절하게 갖출 수 있었다.

사마천의 『사기』가 세계를 움직이는 영웅들의 이야기인 본기本紀와 분열하는 집단인 제후들의 이야기인 세가世家, 그리고 뛰어난 존재들의 이야기인 열전列傳으로 기본 구성을 갖추고 있어 북극성을 중심으로 28수宿와 뭇별들이 원운동을 하고 있는 하늘의 운행을 본뜨고 있는 것도 『토지』의 기본 틀을 이해하는 데 도움이 된다. 그러나 이러한 기틀은 작품의 표면에 나타나지 않는다. 소설 전체의 내용과 형식에 대한 일정한 견식을 가지고 있을 때에야 추상적인 논의는 구체성을 띨 수 있고 그 나름으로 설득력을 가질 수 있다. 따라서 그 견식을 갖추기 위해서 우선적으로 필요한 것은 독자 스스로 작품의 사건들과 세부에 친숙해지는 일이다.

이 일을 위해 여기서는 먼저 몇 장에 걸쳐 작품의 사건들과 경개를 비교적 자세히 설명하고자 한다. 그 설명이 제대로 이해되어 소설의 사건 전체에 대한 파악과 세부의 내용들에 대한 얼마간의 인식이 갖추어졌을 때에야 힘의 발현으로서 운동이 만들어 내는 구조라는 개념을 이해할 수 있고, 그 구조에서, 형태는 버리고 운동을 취하는 방법, 곧 사형취상의 방법에 의해 상象을 빚어내는 작품의 신비에 대한 심도 있는 논의를 진행할 수 있기 때문이다. 빅뱅으로부터 전개된 우주 역사가 조성하는 장엄한 이미지는 그 중심의 움직임과 세부의 동작들에 대한 파악, 사형취상의 방법으로부터 만들어진다.

3장
1부의 사건구조

『토지』는 전체가 5부로 구성되어 있고 각 부는 5편으로 되어 있으며 각 편에는 공통적으로 몇 개의 장이 포함되어 있으나 그 숫자는 일률적이지 않다. 그러므로 다섯 개의 부 部와 각 부별로 다섯 개의 편篇으로 나뉜 모습이 『토지』의 기본 형태이자 골격이고 장章은 형편에 따라 길이가 들쭉날쭉 나뉘어 있어 곁가지와 살을 이룬다.

1부 1편의 제목은 '어둠의 발소리'로 되어 있다. 소설의 전체 구조에서 발단에 해당하는 이 부분은 그 속에 '서장'이 포함되어 있음은 물론 작품 속 사건의 전개에서 핵심이 되는 사건들이 모두 이 1편에서 퍼져 나가는 모양새를 취하고 있으므로 작품 이해에 매우 중요하다. 그러므로 세부적인 고찰로 들어가기 전에 1편의 기본 구성을 파악해 두는 일이 필요하다. 1편은 보편성의 구체화에 해당하는 서장序章에 뒤이어 먼저 최 참판가에서 벌어지는 일들을 초점으로 삼는다. 작품의 중심축인 서희를 첫 장면에 등장시키고 별당아씨와 구천이의 탈주, 그로 인해 최 참판가에서 벌어지는 여러 가지 사건들을 묘사한다. 어미를 잃은 서희의 생떼와 발악이며 최 참판가와 마을 사람들의 마음을 짓누르는 바윗덩이와 같은 최치수의 조용한 침묵 등이 묘사의 주요 대상이다. 이러한 상태로 5장에 이르면 장면을 전환하여 이용, 윤보, 영팔이 등 상민들의 생활이 묘사되고 역사적 상황이 개괄적으로 서술된다. 이러한 상태는 서너 장 더 지속되다가 9장부터는 다시 최 참판가와 관련된 사건들이 도입된다. 전체적으로 보면 최 참판가와 농민 또는 상민들의 이야기가 번갈아 가며 긴장-이완의 리듬을 타고 진행되는데 그 과정에서 역사적 상황이나 과거의 사건들이 간간이 섞여 들며 서술되는 구조라 할 수 있다. 이제 그 양태를 좀 더 상세하게 살펴보자.

『토지』는 "1897년 한가위─"라는 말로 시작한다. 1897년 10월 12일은 고종이 황제즉위식을 거행하고 국호를 '대한제국'으로, 연호를 '광무'로 고친 날이다. 그러므로 작가는 대한제국이 들어서던 해 한가윗날 경남 하동 평사리에서 펼쳐지는 풍경을 중심으로 이야기를 시작하고 있는 셈이다. 자연히 그 이야기는 작품의 끝부분인 5부 5편에서 이루어지는 조선의 해방과 맞물린다. 조선이 주권을 잃는 한말의 역사와 주권을 회복하는 해방의 사건이 작품의 앞과 뒤에 배치되어 있어 작품 전체를 일종의 해방서사 또는 건국서사로 만들고 있는 것이다. 그렇지만 작가는 그러한 사실을 눈에 띄게 드러내지 않으면서 소설의 서술을 진행한다.

평사리에는 누대에 걸쳐서 제왕처럼 군림하는 최 참판가를 중심으로 양반과 상민, 종들이 섞여 살고 있다. 소설에서 펼쳐지는 첫 이야기는 최 참판가의 무남독녀 서희를 묘사하면서 시작된다. 서희는 곳간 앞 마당에서 봉순이와 놀고 있다. 일꾼들이 추수한 벼를 곳간에 들이는 작업을 하고 있는데 그 번잡한 곳에서 숨바꼭질을 하고 있는 것이다. 서술자가 하인 구천이의 다리를 잡고 이리저리 몸을 움직이면서 봉순이를 부르는 서희에게 초점을 맞춘 것은 소설의 전체적인 움직임의 중심축을 드러내는 의미가 있다. 구천이는 봉순이에게 애기씨를 데리고 별당에 가서 놀라고 말한다. 서희는 "구천이는 바보 덩신! 중놈!"이라고 욕을 하며 달아난다. 이때 할머니 윤씨 부인의 분부가 봉순네를 통해 전해진다. 아버지인 최치수에게 문안을 드리러 가라는 전갈이다. 서희는 "아버진 싫다는데두, 고홈! 고홈!" 하고 말하면서도 마지못해 사랑채로 간다. 의례적인 문안 인사를 드리고 나서도 서희는 곧바로 자리에서 일어설 수 없다. 아버지의 허락이 떨어져야 일어나서 나갈 수 있는 것이다. 숨소리를 죽이며 분부를 기다리고 있는데 방 안의 찬 기운을 느낀 아버지가 하인인 길상이를 부르는 고함소리, 불호령이 벼락같이 터져 나왔다. 방이 왜 이리 차냐는 야단이었다. 길상이 장작을 가지러 뛰어가고 최치수는 터져 나오는 기침을 손수건으로 막으며 서희에게 나가라고 손짓한다. 아버지의 기세에 눌려 긴장 상태에 싸여 있던 서희는 방문을 나오자마자 헛구역질을 하다가 딸꾹질을 한다. 봉순이가 뛰어와서 서희의 눈물을 닦아 준다.

금방이라도 폭발할 듯이 위압적인 아버지의 기세와 고함소리, 그 기세에 눌려 숨도 못 쉴 듯이 억압을 당하는 어린 서희의 모습이 1장 이야기의 핵심이고 그 주위에 구천이와 길상이가 배치되어 있다. 이 두 인물의 이름이 모두 불교에서 연원하는 의미를 지니고 있다는 점은 기억해 둘 만하다. 그것은 여하튼, 여기에 형상화되는 긴장과 억압은 범연한 것처럼 보일 수도 있으나 작품 전체를 읽고 나서 돌아보면 그것들이 빅뱅 직전의 특이점에 해당하는 원심력과 구심력의 밀고 당기는 힘에 상응하는 것으로 변모한다. 헛구역질과 딸꾹질은 빅뱅 직전 부글부글 끓어오르는 우주의 형상을 상징적으로 표현한다. 그것은 억압을 받고 솟구치는 운동성의 구체화이다.

두 번째 장에는 '추적'이란 제목이 달려 있다. 구천이와 하인들이 쫓고 쫓기는 이야기로서 1장의 긴장된 국면이 지속되는 장면이다. 이야기는 머슴방의 장경을 묘사하는 데서부터 시작된다. 늙은 종 바우 할아범의 앓는 소리와 간난

할멈의 넋두리가 간간이 들려오는 속에 하인들은 밤마다 방을 나가 어디론가 사라지는 구천이에 대한 이야기를 나눈다. 구천이는 본명이 김환으로, 동학혁명이 실패로 돌아간 지 얼마 되지 않은 시점에 최 참판가에 찾아와서 스스로 하인이 되기를 청한 인물이다. 윤씨 부인은 그를 불러 찬찬히 한번 얼굴을 보고 나서 있으려면 있어 보라고 말한다. 윤씨 부인이 직접 사람을 면대하여 하인을 쓰는 일은 흔치 않은 일이었다. 그렇게 최 참판가에 들어온 구천이는 범상치 않은 인물 됨됨이로 많은 사람의 관심을 끌었지만 무슨 영문인지 별로 말이 없었고 요즘에는 밤마다 방을 나가 지리산을 헤맸다. 그런 낌새가 무엇을 뜻하는지 눈치를 챈 하인 수동이가 "공연히 쓸데없는 생각 마라"고 말려 보지만 소용이 없다. 오늘도 그는 잠을 청하려 몇 번인가 몸을 뒤척이며 한동안 애를 쓰다가 끝내 참지 못하고 일어나서 밖으로 나갔다. 잠시 후 머슴방에 있던 삼수와 돌이는 구천이의 뒤를 추적하러 나선다. 그들은 누각 앞에 서 있는 구천이를 발견하고 숨어 있다가 숲으로 들어가는 그를 뒤쫓는다. 산속으로 깊이 들어간 구천이는 어느 한 지점에서 바위를 짚고 심장을 찢어 내는 것 같은 울부짖음을 쏟아 내며 통곡을 하고 있었다. 얼마의 시간이 지난 뒤 구천이는 다시 걸음을 빨리하여 그곳을 떠났다. 삼수 등이 뒤쫓았지만 구천이의 발걸음이 어찌나 빠른지 종적을 찾을 수 없었다. 밤마다 방을 나가는 구천이의 사연이 무엇인지 독자의 궁금증을 더하고, 그의 행적을 쫓는 하인들의 추적이 긴장감을 돋우는 장면이 지속된다.

3장은 최 참판가의 당주 최치수가 스승인 장암 선생의 문병을 가느라 집을 비운 날의 사건이다. 최치수가 집을 떠나자 윤씨 부인은 하인들을 감독해 구천이와 별당아씨를 광에 가두고 사람들의 출입을 금지했다. 온 집안에 살얼음을 딛는 듯한 긴장이 조성되는데 이야기의 초점은 서희에 맞춰진다. 서희가 별당으로 가서 어머니를 찾지 않게끔 봉순네와 봉순이는 갖은 꾀를 내어야 했다. 이날 밤 바우 할아범이 세상을 떠나는데, 그 시각 누가 문을 열어 주었는지 광에 갇혀 있던 두 남녀가 초롱불을 들고 고소성을 넘어 지리산으로 도주한다.

4장은 별당아씨와 구천이를 풀어 준 사람이 누구인가 하는 수수께끼로부터 시작하지만 대부분의 이야기는 엄마를 찾는 서희의 발악에 관한 묘사로 채워진다. 막무가내로 엄마를 데려오라고 생떼를 쓰는 서희를 달랠 수 있는 사람은 아무도 없다. 봉순네와 삼월이, 봉순이 등이 학을 뗄 수밖에 없었다. 마침내 윤씨 부인이 회초리를 들고 나서 보지만 그도 아무 소용이 없다. 그 과정에서 삼월이에게 업혀 있던 서희가 귀녀에게 침을 뱉는 사건이 일어난다. 나중에 알려지는 일이지만 별당아씨와 구천이의 관계를 윤씨 부인에게 고자질한 사람은 바로 귀녀였다. 서희가 침을 뱉은 행위는 그렇지 않아도 독이 오른 귀녀의 앙심에 불을 댕기는 계기가 된다. 하지만 두 남녀의 탈주라는 사건에 대해 문병을 갔다 돌아온 최치수도 일언반구 없었고 윤씨 부인도 일절 입을 열지 않았다. 집안은 침묵이 맴도는 속에서 긴장에 휩싸이지 않을 수 없었다. 이 사건에 얽힌 비밀은 많은 시간이 흐른 뒤에야 하나씩 둘씩 밝혀진다.

구천이로 변성명하고 최 참판가의 하인이 된 김환은 본디 윤씨 부인의 사생아다. 죽은 남편을 위해 기도하러 절에 갔던 윤씨 부인을 훗날 동학장수가 되는 김개주가 겁탈하

여 얻은 소생이 김환인데 그는 태어나자마자 핏덩이인 채
로 어미로부터 버려진다. 윤씨 부인은 한 아들을 그렇게 버
린 죄의식으로 다른 아들에게도 사랑을 주지 못했고 그처
럼 느닷없이 변해 버린 어머니로 인해서 최치수의 성격은
삐뚤어져 버린다. 그가 방탕한 생활과 황음 끝에 성적 불구
가 되어 버린 것은 그에 말미암는다. 한편 아버지를 따라
동학혁명군에 참여했던 김환은 동학군이 패배한 뒤 살아생
전에 아버지가 가르쳐 준 어머니 집에 찾아와 하인 되기를
자청했던 것이고 얼굴의 이목구비를 보아 그 사정을 짐작
했을 것임에도 불구하고 윤씨 부인은 김환을 하인으로 받
아들인다. 사랑에 앉아 있는 아들과 머슴방에 누워 있는 사
생아. 윤씨 부인은 두 아들이 자신에게 주는 고문을 감내하
기로 작정했던 것이다. 그러나 고통은 윤씨 부인의 것만이
아니었다. 이부형의 아내인 것을 번연히 알면서도 별당아
씨를 사랑하게 된 김환은 밤마다 지리산을 헤매며 울부짖
어 보지만 사랑의 번민은 피할 수 없는 것이었다. 결국 귀
녀의 고자질로 사정을 알게 된 윤씨 부인에 의해 두 남녀는
광에 갇히고 한밤중에 누군가가 광문을 열어 주어 두 사람

은 최 참판가를 탈출한다. 한 아들을 살리기 위해 다른 아들을 배반해야 했던 윤씨 부인. 그런 어머니의 모습을 지켜보면서 심문하는 듯 침묵으로 일관하는 최치수의 태도.

그런 긴장이 지속되는 속에서 귀녀는 별당아씨가 비워 놓은 자리를 차지하기 위해 최치수를 성적으로 유혹한다. 최치수의 씨만 하나 받아 놓으면 만석꾼 최 참판가의 재산은 모두 자신의 것이 되지 않겠는가. 귀녀가 남자의 마음을 끌 수 있게 한다는 여우의 생식기를 구하려고 애쓰는 것도 그 때문이다. 귀녀가 별당아씨의 금가락지를 훔쳐다 주고 강 포수에게 구해 달라고 부탁한 것은 바로 그것이었다. 하지만 최치수는 귀녀의 당돌한 행동을 보면서도 어찌하는지 냉엄히 지켜보기만 할 뿐 아무런 반응을 보이지 않는다.

최치수의 그런 태도로 인해 여자로서의 자존심을 처참히 짓밟혔다고 생각한 귀녀는 그에 끝 모를 앙심을 품고 최치수를 살해하기 위한 모의를 곧바로 행동으로 옮기기 시작한다. 마을에서 양반 행세를 하며 건달로 지내는 김평산이 그 살인모의에 끼어든 것도 귀녀가 강 포수에게 건네준 금가락지를 보고 나서였다. 이와 같이 별당아씨와 구천이의 도주는 엉뚱한 사건의 빌미로 작용하지만 그로 인해 가장 타격을 입은 사람은 최서희임에 틀림없다. 날마다 "엄마 데려와! 엄마 데려와!" 하며 발버둥치고 울부짖고 까무러치는 그녀를 달래 줄 사람은 아무도 없다. 그저 봉순네와 집안 식구들이 시달림을 견뎌야 했을 뿐이다. 한편 자기 얼굴에 똥칠을 해 놓고 떠나간 남녀를 어떻게 처리해야 할지 최치수는 암중모색한다. 최치수의 추적 계획과 최 참판가의 재산을 노린 귀녀의 흉계가 무르익는 속에서 마을에서는 또 다른 하나의 사건이 별도로 진행된다.

5장은 장날마다 하동으로 가는 이용을 상대로 한 강청댁의 바가지 긁는 소리로부터 시작된다. 강청댁이 바가지를 긁는 이유는 하동에 주막을 내고 있는 월선이 때문이다. 젊었을 적 이용은 월선을 사랑했지만 무당의 딸이란 이유로 한사코 혼인을 반대하는 어머니의 뜻을 거스를 수 없어 강청댁과 결혼했다. 이용이 결혼한 뒤 늙은 남자를 따라 먼 곳으로 떠나갔던 월선이 돌아온 것은 몇 해 전 일이다. 먼 빛으로나마 용이를 보면서 살기 위해 돌아온 월선이에게 주막을 낼 수 있도록 해 준 것은 최 참판가의 윤씨 부인이다. 자신을 위해 영신에게 거짓말을 해야 했던 무당, 죽은 월선네의 은공을 배려한 조처였던 것이다. 월선이 하동에 주막을 차리고 자리 잡으면서 이용의 하동행은 장날마다 반복되고, 그에 따라 강청댁의 투기와 강짜는 하늘 높은 줄 모르고 치솟아 오른다. 결혼한 지 10년이 넘도록 자식을 낳지 못한 채 잘난 남자와 사는 여자에게 질투와 투기는 숙명이었던 것이다. 소설에서는 이용과의 관계를 통해서 마을 사람들의 면모가 차례로 소개된다. 잇속 차리기로는 둘째 가라면 서러워할 칠성이와 그 맞수라고 할 수 있는 그의 아내 임이네, 재물에 욕심을 내지 않고 자유인으로 살아가는 목수 윤보, 사람 좋은 두만네와 양반가의 절조를 지키려고 있는 힘 없는 힘 모두 쏟아붓는 함안댁 등의 일상사를 통해 마을 사람들의 얽히고설킨 관계들이 조명된다.

이렇게 범연하게 전개되던 소설은 동학혁명에 참여했던 목수 윤보의 시각을 통해 당시의 시대 상황을 개괄하면서 역사소설로서의 성격을 갖추어 나간다. 그 점에서 길상이와 문 의원의 존재는 일상과 역사가 만나는 지점을 보여 준다. 이들은 제각기 연곡사의 우관스님과 인연을 맺은 인물들로서 작품 속에 담겨 있는 여러 사건들의 비밀에 관련을 맺고 있다. 우관스님은 김개주의 형으로서 천수관음을 조성할 재주가 있다고 여겨지는 길상이를 최 참판가로 내려보낸 인물이며 문 의원과 함께 윤씨 부인의 비밀을 지켜 주는 사람이다.

이와 같이 최 참판가 주변의 인물들이 이런저런 연줄로 소개됨으로써 소설 속 사건은 크게 두 줄기로 나누어진다. 그 한 줄기의 주인공들인 이용과 월선은 길상과 봉순이 오광대 구경을 하고 있는 동안 길고 긴 사랑의 황홀경을 체험하고, 김환과 별당아씨가 거지가 다 되었다는 소식은 강 포수의 등장이 지닌 의미를 새롭게 되새기게 만든다. 게다가 개명양반 조준구의 등장은 최 참판가의 재산을 노리는 무리들의 야합과 의기투합을 이중 삼중으로 재촉한다. 조준구는 간교한 방법으로 김평산에게 살인을 교사하고 귀녀는 다른 사람의 씨를 받은 다음 최치수를 살해하여 최씨 집안의 핏줄임을 주장할 준비를 착착 진행시킨다.

1부 2편은 '추적과 음모'란 제목을 달고 있다. '추적'이란 김환과 별당아씨에 대한 최치수의 추적이고 '음모'란 최 참판가의 재산을 노리는 무리들의 살인모의를 가리킨다. 오랫동안 침음하던 최치수의 생각이 조준구, 강 포수 등의 등장으로 하나둘씩 구체화되어 가게 된 것이다. 그러나 이 2편의 본격적인 시작은 월선이 사라져 버린 일로 하여 이용의 정신이 산란 상태에 빠지면서부터다. 월선이 하동에 오지 않는 이용을 찾아 마을까지 왔었다는 임이네의 고자질을 들은 강청댁이 한달음에 하동까지 달려가 월선의 주막을 습격하여 광란 상태를 빚어내고 그에 충격을 받은 월선이 행적을 감춰 버린 것인데, 그 일로 말미암아 이용이 병을 얻은 것이다. 이처럼 2편은 1편에서 일어난 사건들을 뒤잇는 사건들로 점철된다. 윤씨 부인이 겁탈당하던 과거의 사건이 서술되고 음양의 이치와 관련된 전설이 이야기되는 것이다. 최치수의 추적대 구성도 강 포수의 참여 여부를 둘러싸고 길게 뜸을 들인 다음에 성사되지만 우관선사와 최치수의 대결로 상징되는 긴 번민의 과정이 거기에 뒤따른다. 이와 같은 사태의 진전과 병행하여 다른 한쪽에서는 최치수의 살해를 위한 준비도 차근차근 진행된다.

이 약술에서 드러나는 바와 같이 2편 역시 1편과 마찬가지로 긴장된 순간들로 점철된다. 긴장-이완, 긴장-이완이 반복되는 구조인 것이다. 그러나 최치수의 1차 추적은 실패로 돌아간다. 몇 날 며칠의 수색 끝에 구천이, 곧 김환을 발견하지만 수동이의 방해와 그에 동조한 강 포수의 속임수로 별당아씨와 김환의 종적을 놓쳐 버렸던 것이다. 2편에서 진전이 이루어진 일은 임이네와 이용의 관계가 새롭게 발전되고 명창소리를 듣는 봉순이와 운봉의 명인들의 관계가 맺어짐으로써 차후 봉순이가 최서희를 떠나게 되는 사건의 발전을 위한 복선이 만들어졌다는 점이다. 그와 함께 조준구의 살인교사를 받은 김평산과 귀녀의 밀모가 무르익어 최치수의 씨를 대체하기 위한 칠성이와 귀녀의 교합이 이루어지고 사랑에 눈뜬 강 포수와 귀녀의 관계도 새로운 단계로 발전한다.

1부 3편은 '종말과 발아'란 제목으로 되어 있다. 두 번째 추적에서 돌아온 최치수가 김평산에게 살해되고 살인모의에 참여했던 범인들이 윤씨 부인에게 발각되어 체포되기까지의 경과를 담은 이 부분에서는 여러 개의 종말과 발아가 동시에 진행된다. 이동진과 최치수의 대화를 통해 시국에 대한 담론이 펼쳐지고 노일전쟁이나 의병장 김백선의 죽음 같은 정치적, 사회적으로 예민한 사건이 서술되지만 그러한 동향은 최치수의 죽음이 가져온 파장에 휩쓸려 저만치 떠내려가 버린다. 최치수의 죽음은 평사리의 질서로 볼 때 한 시대를 마감하는 사건이었다. 그렇지만 살인모의자로 붙잡힌 귀녀의 죽음과 아이의 탄생은 말뜻 그대로 종말이자 발아라고 할 수 있다. 뿐만 아니라 살인자의 가족들인 함안댁, 거복이, 한복이, 임이네 등에게서도 죽음과 탄생은 동시에 진행된다. 그토록 떠받들던 남편이 살인자가되었다는 사실에 절망한 함안댁은 스스로 목숨을 끊고 느닷없이 천애 고아가 된 거복이와 한복이는 새로운 상황에 대응하여 서로 다른 모습으로 살아간다. 또한 함안댁의 자살을 보고 지레 겁을 먹은 임이네는 마을을 스스로 떠난다. 그렇지만 임이네는 비렁뱅이 신세를 면하지 못한 채 온갖 궂은일을 다 당하고 자포자기하는 심정으로 마을로 돌아오는데, 그녀에 대한 동정심을 버리지 못했던 이용은 순간적인 충동을 이기지 못하여 그녀와 성관계를 함으로써 아이를 잉태시킨다. 이로 인해 이용은 강청댁이 죽은 뒤에도 아이의 생모와 월선에 대한 사랑으로 새로운 삼각관계 속에서 갈등을 겪게 된다. 1편에서부터 전개된 사건의 추이를 고려하면 3편은 지금까지 정체되어 있던 상태에서 벗어나 새로운 국면으로 전환하는 대목이라고 할 수 있다. 그 국면 전환이 무슨 내용인가 하는 것은 4편의 첫머리에서 밝혀진다.

1부 4편은 소설의 씨앗이 되었던 전염병에 대한 이야기가 등장하는 장면이다. 그 첫머리에 놓이는 사건은 조준구가 서울에 있던 가족들을 데리고 내려온 일이다. 조준구의 아내 홍씨가 별당을 자기 거처로 하겠다고 나서는 데서 드러나듯이 미구에 최 참판가에 들이닥칠 재앙을 복선으로 깔아 놓고 있는 것이다. 그러나 이 사건들은 1부 4편에서 중심을 차지하고 있는 전염병과 흉년이란 재앙을 통해 뜻하지 않은 방향으로 전개된다. 김 서방의 발병으로 시작된 전염병은 순식간에 마을을 휩쓸어 해골 골짜기를 만들어 놓는다. 수많은 사람이 병에 걸려 쓰러지고 집집마다 죽음의 신이 횡행하는 사태가 벌어진 것이다. 김 서방과 강청댁이 쓰러졌을 뿐 아니라 윤씨 부인과 봉순네도 사신死神으로부터 벗어나지 못한다. 최치수가 살해된 데 이어 최 참판가의 대들보였던 윤씨 부인마저 죽음으로써 소설의 상황에 큰 변화가 일어난다. 최 참판가의 재산이 조준구의 손아귀에 들어갔음은 물론 자신의 입지를 강화하기 위해 조준구가 마을 사람들을 편 가르기 함으로써 평사리 사람들의 대립과 갈등은 점차 심화되는 것이다. 수동이와 길상이가 중심이 되어 서희를 옹위하려고 하지만 일본 세력과 손을 잡은 조준구의 현실적인 권세를 이겨 내기에는 크게 힘이 모자란다. 흉년이 든 상황에서 기민미를 가지고 편 가르기를 하는 조준구에 대항하여 곰보 목수 윤보 등 몇 사람이 최서희를 앞세워 창고를 열고 평사리 사람들에게 골고루 곡식을 나누어 주지만 그런 일은 지속적으로 수행될 수 없다. 이 4편 후반부에서 조준구가 일본 세력을 등에 업고 최 참판가를 대리하는 실질적인 권력이 되는데, 그것은 지금까지 소설 내의 갈등의 축이었던 양반과 상민의 신분 갈등이 조선 민족과 일본 세력 사이의 대립구도로 전환되는 의미를 지닌다.

한편 호열자가 유행하는 속에서 임이네는 이용의 아들을 낳는다. 이 일은 '해골 골짜기의 생명나무'라는 상징성을 띠는 것으로 지금까지 강청댁과 월선이 사이에 벌어지던 이용의 애정 갈등이 임이네와 월선이 사이의 갈등으로 변화하는 계기가 된다. 호열자로 인해 일어난 변화는 단순히 죽은 사람의 숫자에 그치지 않는다. 작가는 4편 5장에서 용이와 월선이의 만남을 통해 독자들에게 간도를 환기시키고 7장에서는 이동진을 통해 연해주의 상황을 전달하며 왜병과 의병의 싸움에 대해서도 주의를 환기시킨다. 단순히 시사적인 담론에 그치는 것이 아니라 왜병의 존재를 통해 미구에 일본의 세력이 세상을 지배하게 될 것임을 보여 주는 동시에 앞으로 펼쳐질 서사 공간의 확대를 위한 장치를 마련하고 있는 것이다. 조준구가 왜놈에게 뇌물을 바친 것이라든지 김 훈장과 조준구의 대화를 통해 세상 돌아가는 사정을 묘사하는 것은 모두 이 현실 상황의 변화를 조명하기 위한 조처다. 그것은 1부 5편의 상황 전개를 위한 밑그림이다.

1부 5편의 제목은 '떠나는 자, 남는 자'로 되어 있다. 작가는 백중날 절을 찾은 월선이의 꿈 이야기로 이야기의 서두를 열어 가지만 5편은 북간도로 떠날 사람과 평사리에 남을 사람을 구분하는 데서 볼 수 있듯이 집단적인 행동을 가장 많이 보여 주는 대목이다. 을사보호조약이 맺어진 상황에서 김 훈장은 조준구에게 의병 봉기를 제안한다. 나라가 망해 가고 있는 상황에서 나라에 양반 된 도리를 다하자는 일종의 도리론이다. 이에 뜨끔한 조준구는 서둘러 서울로 몸을 피했다. 그러나 상황에 큰 변화가 없음은 물론 하동에도 일본 헌병대가 주둔하게 되었다는 사실을 알고 조준구는 평사리로 돌아온다. 하지만 객지로 떠났던 윤보가 돌아오면서 평사리 사람들 사이에서는 의병 봉기에 관한 논의가 무르익는다. 그 봉기는 일차적으로 조준구의 패악을 징치하려는 행위이지만 넓은 의미에서는 항일의병운동이기도 하다.

소설은 조준구의 편 가르기와 행패가 어떻게 일본 침략

세력과 연결되는가를 보여 주는 동시에 의병 봉기가 어떻게 성사되는지 그 과정을 상세하게 묘사한다. 조준구에게 재산을 강탈당한 서희의 성장 과정과 조준구의 억압에 대항하는 과정에서 생긴 성격의 형성을 비롯하여 최서희와 봉순이 사이에서 빚어진 길상이의 심리적 갈등에 대한 분석, 봉순이의 미묘한 애정 심리 등이 서술된다. 이와 함께 별당아씨의 죽음 소식이 알려지고 살아갈 뜻을 잃은 김환의 허무의식 등이 조명된다. 이와 같은 사건의 전개는 결국 의병에 가담하는 사람과 현실 권력에 기생하는 세력의 구분이기도 하지만 의병을 이끌었던 윤보가 죽은 상황에서는 평사리에 남는 사람과 북간도로 떠나는 사람들의 구분이기도 하다. 의병 봉기 때 삼수의 배신으로 조준구를 처단하지 못했기 때문에 그에게 밉보인 사람들은 더 이상 평사리에서 살아갈 수 없는 상황이 되었던 것이다. 떠나는 사람들이 여러 무리로 나뉘어 서로 다른 경로를 통해 탈출하는 방도를 채택한 것은 조준구 및 일본 헌병대의 추적을 따돌리려는 방책이었지만 표적이 되기 쉬운 최서희로 가장하는 역할을 맡은 봉순이는 스스로 일행과 합류하기를 포기하고 뒤에 남는다. 길상이의 마음이 서희에게로 기울어진 것을 보고 스스로 내린 결단인 셈이다. 이와 같은 사건의 복선은 월선이를 통해서 간도를 환기시킨 데서도 나타나지만 윤씨 부인이 만일의 경우에 대비해서 서희에게 남긴 농발로 위장한 금덩어리, 서희를 병수와 결혼시키려는 조준구 내외의 기도를 통해서도 마련되고 있다. 서희가 집을 버리고 북간도로 떠나기로 한 데는 무엇보다도 자신에게 가해지는 억압을 벗어나는 일이 절실히 요구되었기 때문이다.

이상 살펴본 1부의 이야기는 크게 보면 기승전결의 순서를 지니고 있다. 1편에는 소설 전체에서 가장 중요한 핵심적 사건인 별당아씨와 김환의 탈출, 이용과 월선, 강청댁의 삼각 애정 갈등, 최치수 살인모의 사건이 제시되고 있다. 이에 비해 2편과 3편은 앞에서 제시된 사건이 전개되어 가는 과정을 뒤쫓는 형태이다. 최치수의 죽음과 그 범인들의 색출, 호열자로 인한 수많은 사람들의 죽음으로 새로운 상황이 펼쳐지는 것이다. 그런 의미에서 4편은 1부의 사건 전개에서 위기에 해당하는 국면이며 5편은 억압으로부터의 탈출이라는, 1부 전체의 사건에 대단원을 가져오는 종결의 형태이다.

이 점을 참조하면 『토지』 1부만 가지고도 완결의 구조라고 할 수 있지만 그것은 폐쇄된 상황에 대한 이야기라는 한계를 지닌다. 그렇게 말할 수 있는 이유는 이 작품의 서술 형태에서 찾을 수 있다. 중요 사건은 항시 복선과 인물 배치를 통해 준비되고 있음은 물론 사건의 제시가 거의 대부분 예형과 본형의 질서 속에서 이루어지고 있기 때문이다. 그 대표적인 사례는 개별적인 사건에서 찾을 수도 있고 집단적인 움직임에서 찾을 수도 있다. 예컨대 강청댁의 습격을 받은 월선이는 북간도에 갔다가 돌아오고 다시 집단탈출의 일원이 되어 북간도에 간다. 집단의 움직임이 있기 전에 개별적인 움직임이 선행하는 것이다. 집단적인 움직임의 예형은 최 참판가의 고방 개방 사건과 의병 봉기에 참여한 사람들의 집단탈출 사건에서도 찾을 수 있다. 유사한 성격의 움직임이 먼저 있은 다음에 본래의 큰 사건이 제시되는 형태이다. 이 점을 감안하면 『토지』 1부의 움직임은 그것을 예형으로 하면서 그보다 더 큰 또 하나의 다른 움직임이 뒤에 있을 수 있음을 시사한다. 작품 전체의 차원에서 북간도로 탈출하는 사건에 비견할 수 있으면서도 그보다 훨씬 크고 전 국면에 파장을 끼칠 수 있는 행동이 있을 수 있게 되는 것이다.

4장
2부의 사건구조

2부의 사건 내용을 다루는 데 있어서 유의해야 할 점은 작가가 역사소설임에도 정작 다루어야 할 역사적 사건은 괄호 속에 넣고 이야기를 진행시키고 있다는 사실이다. 이 사실을 2부의 사건구조에 대한 검토를 시작하면서 언급하는 이유는 1부에서는 역사적 사건이 괄호 속에 넣어져 있는지 그렇지 않은지가 아직 불분명한 상태에 있기 때문이다. 그렇지만 2부의 사건구조를 다루는 데 있어서는 중요한 역사적 사건이 괄호 속에 넣어져 있다는 사실을 감안해야만 한다. 1부의 사건들은 을사보호조약이 맺어진 뒤 2, 3년의 기간은 포함하지만 1910년의 한일합병은 포괄하지 않고 있다. 그런데 2부는 한일합병이 있은 뒤 1년여가 되는 1911년 5월부터 6-7년간의 간도생활을 서술하고 있다. 이점을 참고하면, 또 1부에 대한 독서를 통해 알게 된 지식에 의거해 고찰하면 1부에서는 동학혁명이나 갑오경장과 같은 역사적 사건을 기왕에 지나간 일들로 간주하여 서술하고 있음을 알 수 있다. 곧 1부와 2부, 또 3부와 4부와 5부를 참고하면 작가는 각 부의 맨 앞에 큰 역사적 사건들이 있었던 것을 상정하지만 그 역사적 사건에 대한 직접적 서술은 생략한 채 부수적인 사건들만을 서술하고 있다는 사실을 알 수 있다.

이러한 사정을 참고할 때 『토지』 2부는 한일합병이라는 역사적 사건을 전제하고 여러 움직임을 서술하고 있으며 작품에서 다루어진 사건에 국한해서 살핀다 해도 평사리 사람들 일부가 북간도로 탈출해서 정착하기까지 어떤 일들을 겪었는지 사건 전개의 전모나 구체적인 움직임의 묘사가 송두리째 빠져 있음을 알 수 있다. 곧 2부는 평사리 사람들이 간도로 이주해서 벌써 몇 년째 살아가고 있는 상황을 전제로 하고 있는 것이다. 소설이 초점으로 삼고 있는 최 참판가에 대한 서술도 윤씨 부인이 만일의 사태에 대비해서 마련해 둔 재물을 밑천으로 해서 평사리의 재산보다도 더 많은 돈을 벌어 거부가 되었다는 것이 일종의 전제조건이다.

이 점을 감안하면 2부 1편 1장의 제목이 '화재'로 되어 있는 것은 여러 가지로 상징적 의미가 있다. 『토지』가 음양오행의 상생 순서에 따라 서사 전개의 질서를 마련하고 있다는 점을 고려하면 2부는 목·화·토·금·수 가운데 '화'의 국면에 해당되고 그것은 넓게 펼쳐지는 운동성을 특징으로 한다. 그런데 이 펼쳐지는 운동성이 2부의 첫머리인 1장 '화재'에서 포괄적, 상징적으로 표시되고 그 뒤의 전개에서는 오행의 다음 단계인 중하仲夏, 곧 '토'의 성질을 대변하는, 꽃의 특성을 표상하는 형태로 표현되어 있다. 쉽게 말해서 2부는 넓게 펼쳐져 가려는 힘을 안으로 끌어당기는 힘으로 전환시키는 변화의 국면을 중심적인 주제로 다루고 있다. 이 양태는 2부 1편에서 최서희의 결혼 문제가 중심 주제로 되어 있는 데서 확연하게 드러난다. 곧 화火의 운동성과 토土의 변화원리가 동시에 작동하는 자리가 2부인 셈이다.

2부 1편의 제목은 '북국의 풍우'이다. 북쪽 나라의 비바람이란 뜻이니 평사리를 떠난 사람들이 북간도에 이미 정착해 살고 있는 상황을 전제로 하고 있고 그들의 삶이 풍우에 시달리는 것이라는 점을 시사하고 있다. 그 점에서 2부 1편 1장의 제목이 '화재'로 되어 있는 것은 눈여겨볼 대목이다. 그 제목은 어렵사리 낯선 땅에 정착했는데 큰불이 남으로써 그동안의 노력이 수포로 돌아가고 새로운 시련을 겪어야 할 상황이 다가왔음을 함축적으로 제시하고 있기 때문이다. 여기서 이야기의 초점은 최서희와 이용 일가에 맞춰져 있다. 최서희는 평사리를 떠나왔음에도 불구하고 할머니가 숨겨 둔 재물을 가지고 이전보다도 더 많은 돈을 벌어 북간도 일대 굴지의 재산가가 된다. 용정에 일어난 화재는 최서희에게는 거대한 자산을 적절하게 운용하여 막대한 이익을 획득할 수 있는 기회를 제공한다. 그러나 장사가 잘된다는 월선국밥집의 수익을 혼자서 가로채 온 임이네의 돈은 불 속에서 활활 다 타 버린다. 용정의 대화재는 고향을 떠나와서 그나마 최서희에게 의지하고 있던 평사리 사람들이 또다시 머나먼 땅으로 흩어져 가는 계기로 작용한다. 그리하여 2부 1편의 사건들은 기본적으로 넓게 퍼져 가는 움직임을 가지는 속에서도 크게 두 줄기의 흐름을 갖게 된다. 하나는 성년이 된 최서희와 길상이의 혼인 문제와 관련된 사건들의 흐름이며 다른 하나는 북간도라는 공간이 지닌 특성에 따라 빚어지는, 독립운동 세력과 일본의 세력이 맞부딪치면서 일으키는 파열음이다.

1편 2장에는 길상의 훤칠한 용모에 대한 여인들의 선망의 눈빛과 함께 최서희를 중심에 두고 벌어지는 길상과 이상현의 대결이 묘사된다. 또 길상의 꿈을 통해 주위의 여인들에 대한 청년의 욕정이 표현되기도 한다. 공 노인의 의붓딸 송애와 가스집 옥이 엄마에 대한 관심 등이 그와 같은 원초적 욕망과 함께 뒤섞여 제시되는 것이다. 소설은 이런 사정들과 얽혀 있는 북국의 여러 사항을 서술하는데 그 가운데서 지속적으로 언급되는 것이 일제의 밀정 김두수와 그 수하들의 동정이다. 김평산의 아들 거복이가 김두수라는 이름으로 밀정이 되어 일본 세력의 앞잡이 노릇을 하고 그에 따라 소설에는 권필웅, 송장환을 한 축으로 하는 독립운동 세력과 김두수를 우두머리로 하는 일본 세력 사이에 긴장감이 조성되고 충돌이 일어나는 것이다. 이런 상황 속에서 최서희와 길상이의 야릇한 관계에 대한 풍문이 나돌았기 때문에 길상은 그 풍문을 떨쳐 버리기라도 하려는 듯이 서둘러 가스집이라고 불리는 옥이 엄마와 관계를 맺는다. 최서희와의 착잡한 관계에서 헤어나고자 한 것이다. 그런데 이렇게 자신을 둘러싸고 복잡하게 전개되는 상황에 종지부를 찍기라도 하듯이 최서희는 이상현에게 자신의 의남매가 되어 달라고 부탁한다. 이상현과 길상이 사이에서 흔들리는 자신의 마음을 다잡고자 유부남인 이상현과의 관계에 명확히 선을 그어 버린 것이다. 이상현은 최서희가 길상과 결혼하려는 심산인 것을 알고 패배의식에 젖어 귀국길에 오른다.

2부 2편은 '꿈속의 귀마동'이란 제목을 달고 있다. 남자와 여자가 함께 말을 타고 떠나지만 돌아올 때는 항상 혼자라는 전설을 차용한 이 제목은 2편이 전체적으로 남녀의 관계, 구체적으로는 최서희의 결혼과 관련된 사실들을 다룬다는 뜻을 함축한다. 그러나 2편에서 먼저 부각이 되는 것은 일본 세력과 독립운동 세력의 대립이며 그러한 갈등의 저변에 깔려 있는 사건의 흐름은 사람들이 살 길을 찾아 머나먼 곳으로 뿔뿔이 흩어져 간다는 사실이다. 2편 2장에 등장하는 주갑이는 떠돌이다. 이용한테 담배 한 대 김밥 한 줄 얻어먹고 턱없이 좋아하는 이 사내를 통해서 작가는 쫓겨 온 용정에서도 살지 못하고 또다시 멀리멀리 떠나가는 사람들의 풍정을 그리고 있다. 월선이를 위해서 임이네를 데리고 통포슬로 떠나가는 이용 가족의 일을 서술하고 있는 6장에는 구체적으로 "뿔뿔이 흩어져 간다"는 말이 나온다. 그 점에서 주갑이는 어찌 보면 그 정처 없이 표류하며 떠나가는 처량한 사람들의 표상인지 모른다. 그와 같이 낯선 땅으로 떠나가는 사람들의 모습은 "구만리 장천長天 날으는 새야" 하는 주갑이의 노래 속에 표현되고 있는 셈이다.

그러나 2편의 핵심은 남녀관계, 그것도 최서희와 길상이의 애정관계이다. 길상이는 어깃장을 놓기라도 하듯이 옥이 엄마와 살림을 차려 버리고 서희는 사태를 바로잡기 위해 회령까지 옥이 엄마를 찾아간다. 길상이와 최서희의 관계는 서로 어긋나지만 돌아오는 길에 일어난 마차 전복 사건으로 인해 뜻밖의 결과로 귀결된다. 꿈속의 귀마동이란 꿈의 의미가 무엇인가 하는 문제는 최서희와 길상이의 관계에 대한 최종적 해석과 결부된다고 할 수 있다.

2부 3편은 '밤에 일하는 사람들'이란 제목을 달고 있다. 밤에 일하는 사람이 누구를 지칭하는 것인지 여러 가지로 생각해 볼 수 있지만 대체적으로는 동학운동에 가담한 김환 일파를 가리키는 것으로 보는 것이 온당한 관점이라고 생각된다. 물론 밤에 일하는 사람을 독립운동 세력, 일본 세력, 동학운동 세력으로 넓게 포괄할 수도 있다. 실제로 2부 2편 후반부에서는 독립운동 세력의 여러 가지 활동이 서술된다. 김두수 일당의 움직임에 대응하여 독립운동 세력이 조직적으로 움직이고 왜놈을 살해하는 사건도 서술된다. 이에 대하여 김두수는 단단히 그물망을 조이면서 독립운동 세력을 압박해 간다. 이러한 여러 움직임들이 밤에 일하는 사람의 행위라고 할 수 있지만 이곳저곳을 떠돌면서 여러 세력 사이에 끈을 이어 주는 혜관스님의 운수행각, 최참판가의 재산을 회복하고자 조준구를 함정에 빠트려 광산에 투자하게끔 책략을 쓰는 공 노인의 활동도 밤에 일하는 사람의 부류에 들지 못한다고는 할 수 없다. 그러나 동학잔당인 운봉 선생을 만난 뒤 동학의 활동을 유격전의 형식으로 바꾸어 나가고자 하는 김환의 움직임은 가장 격렬하고 사회적 파장이 크다는 점에서 밤에 일하는 사람을 대표하기에 부족함이 없다.

이 점에서 2부 3편은 지금까지 볼 수 없었던 행동구조를 보여 준다. 1부가 평사리란 폐쇄된 공간을 무대로 하고 2부 1, 2편이 용정에서 일어나는 북국의 사건들을 중심으로 행동을 펼쳐 보이던 것에 반해서 2부 3편은 국내의 동학운동을 비롯한 여러 사회운동들을 모두 소설에 끌어들이고 있다. 조준구의 재산을 탕진시키기 위한 공 노인의 계략이 행동에 옮겨지고 서울의 지식인 집단인 황태수, 서의돈, 임명빈, 임명희 등이 소설의 주요 인물로 새로 등장하며 정석, 송관수, 한복이 등도 모습을 비치고 있다는 점에서 소설의 공간은 매우 넓은 영역으로 확장되고 있다. 그 가운데서도 작가는 동학 세력의 움직임에 가장 큰 관심을 기울이며 중심 흐름에서 벗어나 있는 개인이나 집단에도 관계의 끈을 연결하기 위해 노력을 기울이고 있다. 그중에서도 특히 3·1운동에서 목숨을 잃은 임 역관의 딸 임명희 등이 소설에 등장하고 있다는 것은 차후의 사건 전개를 위한 일종의 복선이라 할 수 있다. 임명희는 적극적인 활동을 펼치지는 않지만 『토지』에서 최서희와 함께 그 이름이 가장 많이 등장하는 인물이다. 많은 활동을 하는 것도 아닌데 이름이 많이 등장하는 것은 그녀가 3부 이후에 사건의 중심축에서 벗어나게 되는 최서희를 대신하는 역할을 수행하는 것과 연관되는 것이라고 해석할 수 있다. 곧 서사의 기축을 이루는 인물도 교체되고 그 일을 통해 작품 전반에 변화가 일어난다는 사실을 시사하는 것으로서 임명희가 작품 후반에 등장하는 여인들이 지닌 성격이나 서울의 유력인사, 지식인들의 동태를 대변하는 성격을 지닌 인물로 형상화되고 있다는 관점이다.

2부 4편은 '용정촌과 서울'이란 제목을 통해서 소설의 무대가 동아시아 전역으로 확대되었음을 보여 준다. 이 넓게 확산된 공간들을 연결시켜 주는 것은 혜관과 기생이 된 봉순이다. 묘향산 북변에 있는 별당아씨의 묘에 대한 이야기로부터 용정의 최서희 집까지, 그리고 통포슬에 있는 이용과 임이네를 방문하는 일정 속에 최서희가 길상이와 결혼했으며 조준구의 광산이 망했다는 소식, 평사리의 재산을 회복하기 위한 공 노인의 책략이 성공하고 있음을 알려 준다. 그럼에도 불구하고 4편의 서술에서 중심은 여전히 북간도의 상황이다. 김두수, 윤이병, 심금녀 등의 행동이 묘사되고 있음은 물론 운홍사를 짓는 데 협조하는 서희의 모습, 저절로 웃음을 자아내게 만드는 주갑이의 일화 등이 소개되는 것이다.

한편 서울에서는 조준구의 땅문서를 획득한 공 노인이 하동으로 여행을 떠나면서 하동지역의 여러 소식이 전해진다. 동학의 움직임이며 조준구의 집에 들어가 정보를 빼내는 정석의 활동 등이 묘사되는 것이다. 이처럼 혜관, 공 노인 등의 여행으로 도입된 여러 공간이 소설의 무대가 되는 양상의 의미를 작가는 "불씨를 여기저기 심어 놓는다"는 말로 요약하고 있다. 앞으로 전개될 소설의 진행을 위해 인물들의 활동의 근거지가 될 장소를 확보하는 것이 서술자의 관심사라는 것을 드러내고 있는 셈이다. 이 말을 참고할 때 이 지점에 이르러서 소설은 군데군데 입체적인 중심 공간이 마련되고 그것들이 여행을 하는 사람들에 의해서 연결되는 형태, 곧 열매와 같은 형태로 점차 바뀌어 감을 확인할 수 있다.

2부 5편은 '세월을 넘고'란 제목을 지니고 있다. 이 제목은 "떠난 사람이 돌아오는 철인가" 하는 3장의 서술을 이해할 때 무슨 의미인지 납득할 수 있다. 병이 든 월선이 이용을 기다리고 그것을 모르는 체하면서 벌목장 일을 모두 끝내고서야 돌아오는 이용의 이야기를 한편으로 하고 고향으로 돌아가고자 하는 서희의 마음을 뻔히 알면서도 가족을 놓아둔 채 할빈으로 훌쩍 떠나 버리는 길상이의 이야기를 다른 한편으로 하는 이야기가 5편이다. 병자의 끈질긴 소망과 고향으로 돌아가고자 하는 서희의 간절한 욕망. 이 5편에서는 김환과 길상이 사이에 오르기orgy가 진행된다. 최 참판가 남성계열의 대를 잇는 일종의 의례라고 볼 수 있는 이 오르기를 통해 김개주, 김환, 김길상 사이에 정신적 관계가 맺어지고 삶과 죽음을 나눠 놓는 세월의 의미가 음미된다. 이 대목에서 수운 최제우와 홍수전, 태평천국과 동학의 성격이 비교되고, "반역의 피는 억압된 상민들의 진실이요 소망"이란 발언이 행해진다는 점은 그 의미의 음미를 요구한다. 김개주와 김환, 김길상을 잇는 계열과 최 참판가의 피에 흐르는 신분질서가 쉬 화합될 수 있는 것이 아님을 말하고 있는 것이다. 서희가 길상에 대해서 깊이 생각해 보는 것은 그와 관련된다고 할 수 있다. 이 점에서 월선이의 죽음과 관련되어 부각되는 용이의 행동이나 삶과 죽음에 대한 성찰은 작품의 주제로 이어진다는 점에서 특기할 만한 것이다.

이 5편에서 사건은 일사분란하게 지속되는 형태가 아니라 단편과 같은 것들이 병치되면서 나열되는 형태로 진행된다. 이것은 "작게 나누어 그물을 형성해야 한다"든가 "여기저기 뿌려 놓는다"는 서술자의 발언에 무게가 실리게 만든다. 2부의 소설적 구성이 지니게 되는 면모와 그 경향이 지니는 의미를 압축해 나타내 주고 있는 표현들이기 때문이다. 이 서술들을 입증이라도 하려는 듯이

5편의 사건들은 잘게 나누어져 있고 여기저기 흩뿌려져 있는 상태로 제시된다. 2부 전체의 소설 내적 기능이 서희가 평사리로 귀환하는 일에 그 핵심이 있다고 한다면 잘게 나누어져 여기저기 흩뿌려져 있는 공간을 묘사하는 방식의 서술 양태는 3부 이후의 작품구조가 유기성을 지녔던 이전과는 달리 분산된 공간의 형태를 지니게 될 것임을 짐작할 수 있게 해 준다. 이것은 2부가 펼쳐짐의 운동성을 특질로 하는 오행의 화火를 상象으로 하면서도 확산하는 힘을 한군데로 수축하는 힘으로 바꾸는, 가장 중요한 변화를 나타내기 위해 토土를 하나의 마디로 설정하는 것과 연관된다. 곧 2부는 전체적인 확산과 작은 단위에서의 수축이 맞물려 있는 형국인 셈이다.

2부는 평사리라는 폐쇄된 지역을 무대로 펼쳐지던 사건들이 넓은 공간으로 확산되는 데 특징이 있다. 사람들이 끝간 데까지 가 본다는 형식으로 멀리까지 흩어져 가는 것이다. 그러나 이러한 확산은 내면적으로는 원점으로의 회귀의식을 강화시키는 역할을 한다. 흩어져 가는 것이 원심력의 작용이라고 하면 원점으로 회귀하고자 하는 의식은 구심력의 작용이라고 할 수 있다. 이 구심력이 구체화된 대표적인 사례는 최서희의 귀국이다. 사람들이 먹고살 길을 찾아 북만주, 시베리아 등지로 이산되어 갈 때 최서희는 빼앗긴 고향을 되찾기 위한 방책을 모색하며 최씨 집안의 대를 이어갈 방도를 찾는다. 그것은 원심력을 구심력으로 전환하는 변화의 대표적인 양상이다. 최서희의 이러한 내심의 기도는 길상이에게 곤혹스러운 선택을 강요한다. 평사리로 돌아갔을 때 길상이의 지위는 최 참판가의 주인이 아니라 하인의 한 사람에서 벗어나지 못할 것이기 때문이다. 이로 인해서 길상이는 귀국길에 참여하지 않고 할빈으로 떠난다. 그는 가족의 일원으로서 선택하는 것이 아니라 사회적 관계 속에서 자신의 길을 선택하는 셈이다. 이와 같은 움직임은 점차 전체적인 펼쳐짐의 움직임 속에서 작은 단위로 결속하는 움직임이 힘을 키워 가는 형태로 변화할 것임을 나타내 주게 된다. 3부의 사건들이 활짝 펼쳐지는 잎사귀의 형태를 버리고 과일과 같이 둥근 구球의 형태로 변신해 가는 움직임을 시작할 것임을 예고하고 있는 것이다.

5장
3부의 사건구조

3부는 3·1운동이 일어나던 1919년 가을부터 몇 년 동안에 걸쳐 일어난 사건들을 묘사한다. 3부의 사건들은 2부에서 이루어진 공간의 확대를 바탕으로 전개되기 때문에 사건들 자체가 연속적으로 서술되지 못하고 무대가 바뀌는 데 따라 단속적으로 제시된다. 그러므로 3부의 사건들을 전체적으로 조감하는 데는 무대가 되는 공간의 특성을 중심으로 몇 개의 유형을 구분하는 일이 필요하다. 첫째는 최서희가 돌아온 진주와 평사리에서 일어난 사건이다. 둘째는 임 역관, 임명빈, 전윤경, 이상현, 임명희, 강선혜 등이 자리 잡고 있는 서울의 이야기다. 셋째는 김환을 중심으로 지리산 인근에서 활동하는 독립운동가들의 이야기다. 넷째는 길상이와 공 노인 등을 주축으로 하는 북간도와 만주의 사건들에 대한 이야기이다. 이 사건들은 흩어져 있는 것들이 작은 단위에서나마 하나로 뭉치면서 구심점을 만들어 가는 양상과 흡사한 모습이다. 그것은 수축의 표상이다. 넓게 펼쳐지던 것들이 안으로 밀집하지만 거기에는 여전히 확산의 힘이 작용하고 있다. 이 양태는 아직 말랑말랑한 육질을 지닌 과일의 상태에서 단단한 씨앗의 단계로 변화해 가는 움직임으로 표상할 수 있다.

3부 1편은 '만세 이후'라는 제목을 달고 있다. 3·1운동 이후 서울의 정세를 보여 주는 몇 개의 일화가 제시되고 6장에서는 당시의 상황이 직접적으로 설명되기도 하지만 전반적으로는 1, 2부의 사건들에 대한 후일담과 같은 성격의 사건이나 사람들의 평범한 일상생활이 묘사된다. 두만네며 봉기, 용이, 홍이 등에 대한 묘사가 이루어지며 최 참판가에 머물러 있는 육손이, 언년이와 함께 조준구, 홍씨 등의 근황이 이런저런 계기를 통해 조명된다. 조준구와 최서회의 관계는 평사리 집을 5천 원에 매매하는 것으로 일단락되고 그 이후 최서희는 허무의식에 젖는 것으로 묘사된다. 환국과 윤국을 키우는 일, 3·1운동 과정에서 참사를 겪은 임 역관 집에 도움을 주는 일, 기생이 되어 어려운 삶을 사는 봉순이와 그의 딸 양현을 돌보아 주는 일 등이 그녀가 수행하는 역할이다.

그 밖에 이곳에는 조병수, 송관수, 석이, 강쇠, 전윤경 등 지금까지 소설에서 큰 비중을 차지하지 못한 인물들을 비롯하여 앞의 사건과 긴밀한 관련을 지니지 않은 사건들이 부지기수로 등장한다. 이렇게 자잘한 사건들이 병치되지만 그 속에서는 은연한 흐름이 형성되기도 한다. 그 흐름은 형평사운동과 관계되는 송관수의 활동이 점차 부각되는 데서 단적으로 드러나지만 김환, 강쇠, 윤도집, 지삼만과 같은 동학 세력과 깊이 관련되는 사람들의 활동을 통해서도 전에 비해 큰 비중을 차지한다고 할 만큼 자세히 서술된다.

3부 2편은 무대를 옮겨 용정과 서울에서 벌어지는 일들을 묘사한다. 군자금 운반이란 비밀 임무를 떠맡은 한복이

용정에 가고 그 일을 계기로 북간도에서 펼쳐지는 김두수의 밀정 활동이 소개된다. 심금녀가 체포되어 죽음에 이르는 사건, 김두수의 형제애 등이 서술의 주요 내용이 된다. 그렇지만 이곳에서는 하나의 큰 변화가 나타난다. 그 변화는 작품 시작으로부터 한 세대의 시간이 흘러 등장인물이 교체된 것과 관련되는데 이후의 사건 전개에서 중심적 역할을 수행하는 임명희 등의 신여성, 지식인 사회에 대한 묘사가 많은 분량을 차지하게 되는 것이다. 구체적으로 2편 5장에 이르면 작가는 시야를 전환하여 서울에서 펼쳐지는 사건들을 묘사한다. 여기에는 임명희를 비롯하여 임명빈, 강선혜, 이상현, 서의돈 등의 모습이 등장한다. 이 부분에 이르러 임명희가 소설의 주요 인물로 부상하는 것은 각별한 의미가 있는데 서울의 지식인이나 유력인사들의 세계에서 어떤 일이 벌어지는지가 그녀를 통해 비교적 자세하게 묘사되기 때문이기도 하고 그녀를 통해서 사회 전반의 정조가 표현되기 때문이기도 하다. 자연히 이 부분에서는 "여자란 가장 값진 것부터 받아내려는 속성을 지닌다"는 여성론으로부터 서로 다른 입장에 있는 개개 인물에 대한 심리 분석이 크게 늘어난다.

　임명희 등 신여성의 등장은 세대론적으로 의미가 있을 뿐 아니라 담론의 성격을 생활의 여러 분야에 대한 심리적·사회적 분석으로 이끌지만, 그것이 소설의 전체 구조에 결정적인 영향력을 끼치는 것은 아니다. 이 사실은 그다음에 이어지는 야무네와 그 딸의 이야기가 외딴섬에서 펼쳐지고 홍이의 결혼과 관련된 이야기가 몇 장에 걸쳐서 펼쳐지는 데서 분명하게 드러난다. 곧 1편에서는 평사리와 지리산의 이야기, 2편에서는 용정과 서울과 외딴섬과 홍이의 이야기가 독립된 단편으로 점철된다. 그로 말미암아 사건들은 묘사되는 지점에서는 비교적 구체성을 띠고 있지만 그것이 전체와 어떤 연계를 이루는지는 뚜렷하지 않은 상태로 제시된다. 이 점에서 3부 3편의 제목이 '태동기'라는 사실은 주목을 요한다. 3부 2편의 제목은 '어두운 계절'이었다. 그런데 그 어두운 계절 다음에 태동이 있다는 것은 무엇을 의미하는가. 그 의미를 읽어 내기 위해서는 3편의 구성을 자세히 들여다볼 필요가 있다.

3부 3편은 관동대지진의 소식으로부터 시작한다. 5천이 넘는 조선인들이 학살을 당한 사건을 두고 일본 유학 경험이 있는 서의돈, 선우신 등이 토론을 벌인다. 담론의 주제는 상황이 상황이니만큼 자연히 민족 문제로 향하지 않을 수 없다. '나쓰메 소오세끼'가 군국주의자인가 하는 이야기에서부터 시작하여 물산장려운동, 흑하사변 등에 대한 논의가 자유롭게 펼쳐지지만 이야기는 돌고 돌아서 민족 문제로 귀결하곤 한다. 이와 같은 상태는 2장에 가면 오가다 지로라는 일본인과 유인실이라는 조선인 여성의 관계를 조명하면서 저변을 넓히는데, 이 역시 민족 문제의 한 측면이다. 5장에서는 최환국과 이순철 사이에 종놈의 아들이라는 욕설로 인한 싸움이 일어난다. 이 신분의 문제, 나아가서는 민족의 문제는 8장 '형평사'에서 다시 나오는 것이지만 그 것은 운동 전략과 관계된다는 점에서 각별한 의의가 있다. '태동'이라는 것은 바로 이러한 상황과 그에 대한 대응의 차원에서 나온 개념이라고 할 수 있다. 이제 민족의 문제는 모든 사람의 일상적 삶 속에서 꿈틀대는 모순으로서 그에 대한 조선 민족의 대응의 방법이 관건이 되는 사항으로 대두되고 있는 것이다. 그러나 그 대응은 지금까지와는 다른 형태로 전개된다. 그것은 곧바로 행동으로 옮겨지는 형태가 아니라 담론의 차원에서 우선적으로 검토되고 음미된 다음에 행동으로 옮겨지는 방식이 된다.

3부 3편의 의미는 이와 같이 사건의 성격이 실제적 행동에서 말씀과 대화란 담론의 형태, 의식의 활동으로 변화하는 데에서 찾을 수 있다. 여러 가지의 운동론이나 운동의 전략에 대한 토론은 그 증거가 된다. 이 사실은 3편에 이어지는 4편에서 이민족이 조선 민족에게 행사하는 힘의 비정非情이라든가 조선인의 처참한 상황에 대한 서술이 길고 자세하게 행해지는 일을 통해서 뒷받침된다. 김길상이 계명회 회원으로 검거되고 일본 상인들의 횡포로 설 자리를 잃는 조선 민족의 실상이 소개되고 있는 것이다. 3부 4편의 제목인 '긴 여로'는 일본인의 커 가는 힘에 비례해서 조선 민족의 유대가 무너져 가는 암담한 현실을 가리켜 주고 있다.

3부 4편에서 다루어지는 사안들은 그 암담하고도 처참한 현실의 모습이다. 마약에 빠진 기생 기화, 끼니 잇기에도 힘든 이 부사댁 사정, 석이 할머니의 피눈물 나는 인고의 삶, 쫓기는 지리산 사람들, 부화한 신여성의 묘사는 모두가 고통스러운 시대에 무거운 짐을 지고 비틀거리며 길을 걸어갔던 사람들의 편영이다. 이 부분에서 임명희는 이상현에 대한 사랑을 고백하고 그것이 받아들여지지 않자 조용하와 결혼하게 되는데, 이 대목에서 잡지를 운영하는 강선혜와 그 남편 권오송 등의 문화 활동이 비교적 길게 다루어지는 것은 세대 교체, 현실의 변화를 가리켜 주는 것이면서 새로운 움직임들의 양태를 구체적으로 보여 주는 의미가 있다. 소설은 그 상황을 전제로 독자가 정치·사회운동의 의미를 음미하게 하고 있다. 이 지점에서 임명희가 조용히 소설의 한가운데 들어선 것은 새로운 세계로 변화해 가는 모습을 형상화하기 위한 작가의 서술 전략과 관련이 있다고 할 수 있다. 그녀는 행동이나 외부와의 관계가 차단된 최서희를 대신하여 새로 담론의 중심축을 담당하는 역할을 맡게 되는 것이다.

3부 5편은 '젊은 매들'이란 제목을 달고 있다. 여기서 '젊은 매들'로 호칭되는 존재는 환국이나 순철을 나타내기도 하지만 최종적으로는 광주학생운동으로 대표되는 젊은이들이다. 그러나 젊은 매들이 등장하는 것은 맨 마지막 장면에 이르러서이며 그 앞에서는 여러 지역에 분산되어 있는 인물들의 상황을 묘사하는 것으로 복잡하게 이어진다. 혜관과 주갑이, 공 노인, 이상현, 송장환을 통해 북간도의 상황이 소개되고 서희의 동태와 양소림의 혼담을 통해 진주의 동향이 서술되며 조준구의 근황, 임명희, 유인실, 강선혜 등을 통해서 서울의 모습이 묘사된다. 이런 사건들과 함께 소설은 아버지의 장례를 치른 이용의 아들 홍이가 신경으로 이사하고 한복이 간도로 가는 동태를 서술한다. 여기서는 소설의 주인공이 젊은 세대로 바뀌고 그에 따라 상황에 대한 인식, 새로운 문물에 대한 의견이 상반되는 양태로 표출된다.

　3부는 작품의 전체 구조에서 전환점을 이룬다. 그 전환의 양상은 몇 가지로 요약할 수 있다. 첫째는 소설의 공간이 크게 넓어지면서 여러 곳에 속에 씨를 품고 있는 과일과 같은 형태의 구심점이 만들어진다는 점이다. 이 분산된 구심들은 인물들의 이동이나 자주 여행을 다니는 혜관, 이상현, 주갑이 등을 통해 연결됨으로써 얼마간 유기적인 형태를 취하기도 하지만 한 번 등장했다가 다시 등장하지 않는 장면도 여러 곳에 배치되어 있다. 둘째, 사건의 서술이 행동의 묘사에서 생각이나 느낌, 대화나 토론, 말씀 등 의식과 담론의 기록으로 바뀐다. 이러한 양상은 등장인물의 교체에 의해, 특히 지식인의 등장에 의해 초래되는 측면도 있지만 행동이 불가능한 시대의 상황에서 담론이 행동을 대체함으로써 초래되는 사태로 볼 여지도 있다. 셋째, 신구 세대의 교체이다. 작품의 시작으로부터 약 30년이 경과한 시점의 현실을 형상화함으로써 초반에 등장했던 많은 인물이 죽거나 무대 뒤로 사라지고 그들의 후손이라 할 수 있는 젊은 세대가 대거 등장한다. 이러한 세대 교체는 지식인들의 등장과도 연관을 지어 볼 수 있는 것으로서 다면적인 의미를 지닌다. 젊은 세대, 지식인들의 등장으로 소설이 행동의 세계에서 의식, 관념, 사상이란 정신의 세계로 그 저울추가 기울어지는 양태가 그 한 가지라면 서술의 방식이 사실주의에 얽매이지 않고 다양한 스펙트럼을 갖는 방식으로 바뀌고 있다는 점은 또 한 가지 주목할 만한 점이다. 그것은 4, 5부의 서사 구성에 필수적인 요소가 될 뿐 아니라 작품의 예술적 형상화 방식이 지닌 성격을 근본적으로 이전과는 다른 형태로 바꿔 놓는 역할을 수행하게 된다.

6장
4부와 5부의 사건구조

　『토지』의 편장 구성은 일률적이지 않다. 특히 4부와 5부에서는 매 장의 길이가 길어짐에 따라 편을 구성하는 장의 수효가 매우 적다. 4부 1편에서는 그런대로 앞의 부들과 비슷하게 장의 수효가 17개로 되어 있지만 편이 바뀔 때마다 숫자가 줄어들어 5편에 이르면 단지 7개의 장이 소속되어 있을 뿐이다. 이와 같은 양태는 5부에 이르면 어느 곳에서나 공통적으로 6, 7개의 장이 하나의 편을 이루게끔 바뀐다. 이 양태가 의미하는 바는 4, 5부에 이르면 하나의 장 속에 여러 개의 작은 사건들이 포함되지만 그것들의 구성이 긴밀하지 않고 자그마한 사건들이 산만한 형태로 묶여 있음을 보여 주는 데서 찾을 수 있다. 4부와 5부의 사건들을 하나로 엮어서 고찰하는 것은 그것의 구성이 지닌 이와 같은 공통적인 특성을 고려한 때문이다. 뚜렷하게 사건이라 할 만한 특별한 일도 별로 없이 완만하게 진행되는 소설의 흐름을 그나마 요령 있게 파악하기 위해서는 그러한 방식의 접근이 요구되기 때문이다.

4부 1편의 제목은 '삶의 형태'이다. 17개의 장으로 구성된 1편은 제목에 나타난 대로 여러 가지 삶의 형태를 이리저리 보여 주는 데서 멀리 나아가지 못한다. 그저 이런 삶도 있고 저런 삶도 있다는 듯이 작가의 카메라는 이곳저곳으로 옮겨 다니며 일제 강점기를 살아 나가는 조선 사람들의 삶을 비추어 주고 있다. 김환이 감옥에서 스스로 목을 졸라 죽은 다음 그를 따르던 강쇠에게 일어난 일들을 보여 주는가 하면 한복이와 그의 아들 영호의 이야기가 서술되고 최서희와 그 두 아들의 이야기가 전해진 다음에는 조용하와 조찬하, 임명빈의 이야기가 한참 동안 조명된다. 그런가 하면 평사리의 영산댁과 숙이, 윤국이의 이야기가 한참 전개되다가 지리산에 살고 있는 지연과 소지감, 일진스님의 관계로 초점을 바꾼다. 그런 다음 성환 할머니의 피눈물 나는 참담한 사정이 후일담으로 전해지고 그에 이어서 홍이와 보연, 장이의 삼각 애정 갈등이 서술된다. 이와 같이 사건들 사이의 인과관계가 뚜렷하지도 않고 그 부분을 뺀다고 해서 작품에 결정적으로 하자가 될 것 같지도 않은 사건들이 수없이 도입되는 것이다. 이와 같은 양태는 2편에서도 지속된다. 남천택이란 사나이의 전쟁론이 한바탕 펼쳐지는 듯 보이다가 임명희의 답답한 결혼생활 이야기가 주욱 전해진다.

2편과 3편은 그나마 특성이 있다. 임명희를 매개로 해서 여옥, 최상길, 유인실, 강혜숙 등의 이야기가 길게 이어진다는 점이 특색이기 때문이다. 임명희는 이상현에게 구애를 했다가 거절당하고 조용하와 결혼하나 출신 문제로 시부모에게서 냉대를 당하고 그러한 문제들로 인해 자살을 시도하지만 실패하고 여옥의 도움으로 통영의 작은 학교에서 새로운 삶을 살아 나간다. 임명희를 통해 소설 속에 들어온 여러 인물들은 신여성이라는 점에서, 또 근대 사회의 교양과 지식을 습득하고 있다는 점에서 『토지』의 인물들 가운데 색다른 면모를 갖추고 있다. 이 사실을 중시하면 4부에 들어서 세대 교체가 일어나고 소설의 무대가 점차 여성들 차지가 된다는 점을 간파할 수 있다.

그와 함께 여성이나 신세대, 지리산 주변의 인물들을 통해 담론의 주제가 슬그머니 이전과는 다른 형태로 바뀌어 가는 양상을 느낄 수 있다. 예컨대 강쇠의 스승인 해도사를 통해서는 한恨의 문제나 생명에 대한 성찰이 이루어지며 지식인들이라고 할 수 있는 조찬하, 임명빈, 남천택 등을 통해서는 한일문화론이 토의되고 성환 할머니를 통해서는 영신의 효험 문제가 논의된다. 이처럼 한, 생명, 영성, 영신, 천지공사와 같은 의식이나 정신, 사상과 결부되는 주제가 다루어지는 것은 2편의 제목이 '귀거래'로 되어 있고 3편의 제목이 '명희의 사막', 4편의 제목이 '인실의 자리'로 되어 있는 데서 그 의미를 엿볼 수 있다. '귀거래'는 농촌이나 땅으로 돌아가는 문제를 환기시키며 '명희의 사막'은 정이란 것이 생명을 이루게 하는 것으로서 천지만물을 움직이게 하는 근본이란 관점과 연계된다. 곧 일제 말기의 암울한 상황 속에서 어렵게 살아가는 사람들의 삶에서 나타나는 삶의 근본자세라 할까 태도를 성찰의 대상으로 삼고 있는 것이다.

4부에 『토지』의 어느 곳에서보다 많은 대화와 토론, 담론이 풍성하게 노출되어 있는 것은 단순히 지식인들이 많이 등장하기 때문이 아니라 삶의 근본자리에 대한 성찰과 함께 조선 민족을 옥죄어 오는 현실의 고통이 개개인의 의식과 생활 속에서 발출되는 현상으로 볼 필요가 있다. 군국주의론, 전쟁론, 만보산 사건, 만주사변, 사상범 보호관찰령, 남경학살 등이 토의 주제가 되고 모든 사람에게 중대한 사안처럼 논의되는 것은 현재의 삶이 놓인 살벌한 풍경을 실제 그대로 나타내 주는 것이며, 한, 생명, 영신, 초인사상, 천지공사 등이 담론의 주제가 되는 것은 조선 민족이 처한 현실을 극복하고자 하는 간절한 소망의 표현이라고 할 수 있는 것이다. 이 점에서 4부의 풍성한 변설과 5부에 나오는 조선 민족의 착잡한 대응은 같은 자리에서 나온 대응이라 할지라도 단계가 다르다.

5부 1편은 '혼백의 귀향'이란 제목을 달고 있다. 이역에서 죽은 송관수의 혼백을 모시고 가족들이 섬진강을 찾는 일과 연관이 있는 제목이라 하겠지만 작가는 일본이 젊은이들을 전선으로 몰아가고 여자들을 성의 도구로 만드는 사태를 거론하며 "일본은 조선 민족을 지옥까지 동반할 거야. 참으로 무슨 힘의 가호 없이는"이라고 말한다. 일본이 조선 민족을 지옥까지 끌고 가는 사태를 증오하는 심정이 나타난 인용문에서 주목할 부분은 마지막 대목이다. 무슨 힘이 조선 민족을 지옥에서 구출할 것인가. 이 말은 작가가 씀벅 쓴 말이 아니다. 작가는 이 대목에서 소설의 완결성 문제를 의식하고 있다.

소설이란 이야기와 달리 사건의 인과관계에 의한 구성을 기본 요건으로 한다. 소설 속에서 하나의 사건이 제대로 제시되기 위해서는 그것이 지닌 인과관계를 표시하는 일이 필요불가결하다. 『토지』의 전체 사건이 조선의 해방으로 끝맺어지는 것이라면 거기에는 그 끝맺음을 가져오는 인과관계가 사전에 표시되어야 한다. 그런데 소설에서 지금까지 다루어 온 사건들을 가지고는 그 인과관계를 충족시킬 수가 없다. '도둑처럼 온 해방'이란 말이 상징적으로 대변하듯이 일제 강점의 현실에서 해방을 가져온 힘이 무엇인지 명확하게 말하는 데는 한계가 있다. 그처럼 소설의 인과관계가 갖추어져 있지 않다는 데 대한 분명한 자각을 가졌기 때문에 작가는 조선 민족에게 해방을 가져오는 사건이나 그 행동을 추진하는 힘이 무엇인가를 묻고 있는 것이다. 작가는 뒤에 "힘이야말로 모든 생명을 부지하게 하는 것"이라고 말하기도 하고 "삶은 찬란하고도 신비롭다. 그것은 어떠한 힘으로, 무엇에 의해 짜여졌더란 말인가"라고 말하기도 한다. 다른 말로 해서 작가는 '무슨 힘의 가호'가 조선 민족을 일제의 억압에서 구출해 줄 것이라고 믿은 것이며 그 힘의 가호가 어떻게 이루어지는지를 4부와 5부를 통해 보여 주고자 한 것이다. 그러나 현재의 시점에서 확인해야 할 것은 5부 1편에서 작가가, 지금까지 일해 온 사람들이 더 이상 저항할 수 있는 여력이 없기 때문에 모두 지하에 숨어 버리고 있다고 보고 있고, 그러한 시대고를 견디어 낼 수 있게 하는 정신적 지주로서 길상이 조성한 관음탱화가 완성되었으며 몽치가 자유인의 길을 꿈꾸고 있다는 점 등을 언급하고 있다는 사실이다. 얼핏 묘사의 초점이 서로 다른 사안인 것 같지만 그것은 내면적으로는 은밀히 상통하는 성격을 지닌 사건들을 서술하고 있는 것이라 할 수 있다.

5부 2편에서는 예방구금령이 내려진 가운데 홍이가 연루된 밀수 사건이며 유인실이 조찬하 부부가 키운 자신의 아들과 대면하는 일 등이 서술된다. 5부 3편에서는 임명희와 여옥 등이 지리산행을 하고 조준구가 죽음에 이르는 과정이 묘사된다. 이 대목 부근에서 독자들은 수많은 사람이 지리산 주위로 모여들고 있다는 느낌을 은연중에 받을 수 있는데 그 중심에 해도사와 소지감 같은 영적 능력을 가진 사람이 배치되어 있는 사실을 주목해야 한다. 그들이 중심이 되어 흩어져 있는 사람들의 힘을 서서히 응집하는 양상을 엿볼 수 있는 것이다. 5부 4편 역시 "싸울 때보다 숨어야 할 때가 가장 위급한 시기"라는 관점에 따라 사람들이 각양각색의 방법으로 땅속에 몸을 묻는 광경이 여러 곳에서 제시된다. 이것은 소설의 4부와 5부가 동질적이면서도 서로 다른 성격을 지니고 있음을 시사하고 있는 양상이다.

4부와 5부는 오행의 순서에 따르면 수水, 곧 저장하는 움직임인 씨앗에 해당하는 국면이다. 그렇지만 거기에도 단계가 있는데 4부가 씨앗의 형질, 여묾의 정도에 주로 관련되는 것이라면 5부는 씨앗이 땅속에 묻혀서 발아할 준비를 하는 단계이다. 그러므로 사람들이 깊은 산속으로 도피하고 전야田野에 몸을 묻으며 어촌에 엎드려 지내는 형국을 묘사하는 것은 水의 두 번째 단계에 대한 서술에 해당한다. 이러한 상황에서 소설은 자기 아들을 군대에 보낸 데서 얻어진 작은 권력을 빌미로 악행을 일삼는 우가네와 배설자 등의 어설픈 행태를 다룬다. 작은 권력에 맛들이고 부화한 생활에 젖어 진실을 외면하는 인생들.

5부 5편은 '빛 속으로!'라는 제목으로 되어 있다. 1부 1편의 제목이 '어둠의 발소리'인 것과 대비할 때 그 의미가 올곧게 파악되는 제목이다. 이곳에서는 이용의 손녀인 상의의 기숙사 생활, 이상현의 말로, 최 참판가의 상황, 임명희를 위요한 여성들 및 지식인 등의 상태를 서술하고 일본이 항복했다는 소식이 장연학에 의해 전달되면서 작품은 대미를 맞는다.

이렇게 전체적인 서술의 흐름을 이야기했지만 4부와 5부에서는 이러한 외면적인 사실보다 담론행위와 담론의 형태, 담론의 내용이 더 중요하다. 담론행위는 그 말이 함축하고 있듯이 행동의 한 방식이다. 행동이 불가능한 시대, 조선 민족은 산지사방으로 흩어져 겨우 목숨만 이어 간다. 땅속으로 산속으로 숨어들어 숨만 깔딱거리는 것이다. 그러면서 내뱉는 말이 한결같이 일본은 망한다, 일본놈 망해라, 일본은 망할 것이다 하는 비원이자 비탄에 가까운 신음소리이다. 담론의 형태도 4부와 5부가 다르다. 4부에서는 그나마 변설의 체격을 갖추었다. 논리적인 체계와 사회적인 담론으로서 공적인 의미가 갖추어져 있는 것이다. 그러나 5부에 이르면 구명도생하기 위해 땅속으로 숨어드는 존재들의 절규이자 뇌까림이기에 삶의 극한 상황에서 비명과 같이 내뱉어지는 단말마들이다. 그렇기에 뇌까리는 행위는 그 자체가 힘이고 실천적 행동이 된다. 뇌까림은 생명의 외침으로서 행동의 의미가 있는 것이다. 뿐만 아니라 4부와 5부에 나타난 여러 형태의 변설, 담론들은 일면에서는 작품의 주제사상으로서의 지위를 갖는다. 그렇기 때문에 그 담론들의 실상과 이론적 체계, 사상으로서의 면모는 작품의 총체적인 이해에 불가결의 요소가 된다. 이에 대해서는 작품의 전체상을 언급하는 가운데 필요한 부분에 한정해서 상론하기로 한다.

7장
『토지』의 서사구조와 세 가지 소설 이론

지금까지 『토지』에서 전개되는 사건 내용을 순서대로 살펴보았다. 때로는 사건이란 말이나 구조란 말이 필요 없을 정도로 간략한 상황이나 인물의 움직임 등을 거론하면서 작품에서 다루어지는 사안이 무엇인가를 보여 주기 위해 노력했다. 이 일이 필요했던 것은 작품에 대해 설명을 하더라도 지금 무엇에 관한 이야기를 하는 것인지 독자가 알아채지 못하는 경우가 있을 수 있기 때문이다.

『토지』는 방대한 작품이다. 작품 전체를 읽은 사람이 많다고 할 수도 없고 설사 읽었다고 할지라도 각각의 사건이 어떤 의미맥락에 놓이는지, 그래서 그 의미가 무엇인지 명확히 파악하고 기억하는 사람이 많다고 볼 수도 없다. 더욱이 『토지』는 겉보기와는 달리 매우 실험적인 작품이다. 겉모양은 평범한 사실주의 작품인 것처럼 보이지만 그 표면만 훑으면 수박 겉핥기가 되고 마는 소설이 『토지』다. 뿐만 아니라 『토지』는 그 속에 신비를 간직하고 있다. 그 신비를 포착하지 못하면 작품의 핵심에 다다를 수 없는 작품인 셈이다. 소설의 사건들, 모티브들에 대한 설명을 길게 늘어놓은 것은 그에 대한 사전 인지가 없고서는 작품의 신비는 말할 것도 없고 심층의미에도 도달할 수 없기 때문이다. 각 부분의 사건들이나 모티브들에 대한 숙지가 전제되어야 비로소 작품의 전체 구조와 부분의 관계를 파악할 수 있음은 물론 전체를 하나의 상象, 또는 패턴이나 리듬으로 포착하는 통찰을 통하여 일종의 깨달음을 얻을 수 있다. 그러므로 지금까지 행해 온 사건이나 모티브들에 대한 설명은 각 부분에 대하여 독자가 숙지할 수 있도록 도움을 주려는 데 목적이 있는 것으로, 그 설명이 곧바로 작품의 주제사상이랄까 심층의미를 밝혀 주는 것은 아니다.

그런 의미에서 지금까지의 설명이 작품 이해를 위한 기

초 자료 수집에 해당하는 일이라면 이제부터 해야 할 일은 그 자료들을 엮어서 하나의 의미구조를 읽어 내는 작업이다. 그런데 이 작업은 사람에 따라서 다양한 방식을 구사하는 것이 가능하다. 어떤 사람은 주인공이라고 생각되는 한 인물에 집중하여 의미를 읽어 낼 수도 있을 것이고 또 어떤 사람은 총체소설로 인정하여 접근할 수도 있을 것이며, 또 어떤 사람은 가족사를 통해 작품의 주제를 구성할 수도 있을 것이다. 실제로 『토지』는 총체소설의 특성을 엿보여 주면서도 가족사소설의 성격을 다분히 지니고 있다.

그 가족사란 관점에서 작품에 접근할 때 우선 떠오르는 것은 최 참판가의 운명을 종적으로 파악하는 방법이고 또 다른 방법은 최 참판가와 이용의 가계를 대칭의 위치에 놓고 그 속에서 한말로부터 해방에 이르는 역사를 읽어 내는 방법이다. 그러나 이러한 방법이 작품의 많은 내용을 빠트리고 일부분만을 가지고 전체라고 내세우는, 매우 흠결이 많은 방법이라는 것은 실제 작품을 읽어 본 독자나 이 책의 서술 내용을 읽은 독자들은 쉽게 알 수 있다. 그렇다고 거기에 몇 개의 가족사를 추가하여 검토한다고 해서 근본적으로 문제가 해결되지도 않는다. 그렇기 때문에 소설의 사건들, 디테일들이 지니는 가치를 살리면서도 작품의 핵심을 놓치지 않고 전체를 파악하는 방법이 요구된다. 그것은 쉽게 말해서 작품의 전체 구조를 새로 건축하는 일이다. 이 작업은 통상 '작품 읽기 방법' 가운데 하나로 손꼽히는 '다시 읽기'를 수행하는 일이다.

필자는 기왕에 작품을 읽는 방법으로서 세 가지를 강조해 왔다. 그 세 가지는 읽는 방법을 요령 있게 체득하게 하는 데 일차적인 목적을 둔 것으로서, 첫째 집중하라는 것, 둘째 다시 읽기를 수행하라는 것, 셋째 운동을 중심에 놓고 사고하라는 것이다. 이 가운데 집중은 누구나 뻔히 아는 일로 간주될 수 있다. 그렇지만 필자가 특별히 강조하는 것은 그저 열심히 읽었다는 정도가 아니라 독자가 자신을 완전히 잊어버렸다고 할 만큼 독서에 몰입해서 대상과 내가 구분되지 않을 정도로 작품에 집중하라는 것이다. 두 번째 '다시 읽기'는 지금 현재 수행하려는 독서 방법으로서 작품의 구조 전체를 파악하는 데 목적을 둔 읽기이다. 사건의 중심적인 흐름과 세부 사실을 파악하는 데 일차적으로 관심을 기울이는 상태에서 벗어나 작품의 구조가 전체적으로 어떻게 짜여 있는가에 주목하여 읽으면 작품은 새로운 모습으로 다가온다. 세 번째로 운동을 중심에 놓고 사고하라는 것은 텍스트를 파악할 때 순수동작, 순수운동에 집중하여 접근하면 그 운동이 저절로 빛으로 변환하면서 새로운 무엇인가를 만들어 내는 기제를 이용하라는 것이다.

여기서 순수동작, 순수운동이 무엇이냐 하는 질문에 대한 대답은 우선 접어 두고 작품에서 일어나는 움직임에 초점을 맞추어 작품을 읽다 보면 뜻하지 않은 일이 일어난다는 점을 우선 강조해 두고자 한다. 그와 관련해 미술 이론가 루돌프 아른하임은 "종잇장 위에 그려진 선, 또는 찰흙으로 빚은 단조로운 형체는 연못에 던진 한 조각 조약돌과도 같다. 그것은 적막을 깨트리고 공간을 활성화한다. 본다는 것은 그 운동을 지각하는 것"이라고 말하고 있다는 점을 환기해야 한다. 아른하임은 이 움직이는 것의 주목효과에 대해서 상세히 설명하는 가운데 운동의 속도가 빠른 경우에 관찰자가 지각하는 것은 한 지점에서 다른 지점으로 이동하는 사물이 아니라 두 개의 사물 사이에서 나타나면서

도 두 사물에 관계되지 아니하는 '순수한 운동'이었다고 밝힌다.[7]

순수동작은 노자老子가 도道를 무상지상無象之象으로 보아 직관의 대상을 상象(동작)으로 한 데 비해 플라톤의 이데아가 동작이 있은 연후에 나타나는 형상形相, 순수형상純粹形相을 직관의 대상으로 삼은 것에 견주어 이해될 필요가 있다. 순수운동과 순수동작은 개념의 원산지만 다를 뿐 상통하는 개념으로서, 운동에 주목할 때 일어나는 신비현상을 창출하는 주동적 요인이다.

집중과 다시 읽기, 운동에 주목하는 세 가지 방법은 필자가 『토지』를 읽고 일순간에 전체가 하나의 그림과 같은 형태로 포착되는 일종의 신비를 경험한 다음 왜 그와 같은 현상이 발생하는지 20여 년에 걸쳐서 연구한 결과로서 얻은 독서 방법이다. 근년에 필자는 『문학의 통일성 이론』에서 그 방법을 구체적으로 설명했다. 그에 따르면 세 가지 방법은 서로 긴밀하게 연관되고 근원적으로 분리 불가능한

___

7 루돌프 아른하임, 『미술과 시지각』, 김춘일 옮김, 홍성사, 1986, 484쪽.

것이지만 여기서는 방편적으로 세 단계를 구분하여 적용한다.

집중에 의해 작품의 대강, 사건구조를 살피는 작업은 앞의 몇 장에서 수행했다고 생각되므로 이제 두 번째 읽기 방법을 구체적으로 살펴보자. 이 과정에서는 약간의 우회가 필요하다. 구조 전체를 파악하는 데는 방편적으로 작품에 문학 이론들을 조리 있게 적용하는 절차가 필요하기 때문이다. 조너선 컬러는 이론이 "직관적인 문화적 지식이나 문화적 이해의 출발점으로 간주될 수 있다"고 말한 바 있는데 지금 이 경우가 거기에 꼭 들어맞는다. 작품에 대한 직관적 이해에서 돌아와 그 직관이 어떻게 성립했는가를 설명하기 위해서는 얼마간 이론적 고찰이 도움이 되지만 그 고찰 작업에는 이론들을 조리 있게 적용하여 체계성을 갖추는 일이 필요하기 때문이다. 그러나 하고많은 이론들 가운데 어떤 이론을 선택해야 하는가. 필자는 『토지』의 구조 전체를 염두에 두면서 작품에 접근할 때 도움이 되었던 이론 세 가지만을 검토하고자 한다.

하나는 플롯의 대응 형태라는 개념을 제시하는 조너선

컬러의 소설 이론이고 다른 하나는 서술명제, 구체적으로는 시퀀스의 다섯 단계에 관해 설명하는 츠베탕 토도로프의 서술 이론이며 또 하나는 작품의 패턴에 관해서 설명하는 E. M. 포스터의 패턴 이론이다. 먼저 플롯의 대응 형태 개념에 대하여 설명하면, 조너선 컬러가 『문학이론』에서 '플롯의 parallelism'이라고 한 것을 한국어로 옮기는 이가 '플롯의 대응 형태'라고 번역했다. 'parallelism'은 일반적으로 병렬, 병렬구조, 병행, 대구對句 등으로 이해되는 단어인데 그 낱말을 번역자가 굳이 사전에도 나오지 않는 '대응 형태'라는 말로 옮긴 것이다. 필자는 번역자의 이러한 선택이 매우 적절하고도 현명한 것이라고 생각한다. 시를 가지고 이야기하는 자리라면 공간적 관계를 주로 관심에 두는 병렬구조나 대구라는 말이 적합할 수도 있었겠지만 시간적 진행에 비중이 두어지는 소설에서는 '대응 형태'라는 말이 독자에게 쉽게 이해될 수 있고 작품에 이론을 적용하는 데 편리하기 때문이다. 조너선 컬러는 플롯의 대응 형태를 다음과 같이 설명한다.

"근본적으로 플롯은 변형을 요구한다. 최초의 상황이 있기 마련이며, 변화는 어떤 종류의 역전을 포함하고, 따라서 그 변화를 의미심장한 것으로 만들어 줄 해결책이 있음에 틀림없다. 일부 이론가들은 만족스런 플롯을 생산하는 대응 형태를 강조한다. 즉 등장인물들 사이의 어떤 관계에서부터 그와 상반된 관계로, 혹은 공포나 예측으로부터 그런 관계의 실현이나 전도로, 또는 문제점에서 해결책에 이르기까지, 그릇된 비난이나 잘못된 재현에서부터 관계의 수정에 이르기까지의 대응 형태를 강조한다. 각각의 경우에서, 우리는 주제 차원에서의 변형과 사건 차원에서의 전개의 결합을 발견하게 된다. 사건의 단순한 나열은 스토리를 만들지 못한다. 마지막은 시작으로 되돌아가 그것을 반향하고 있어야 한다. 일부 이론가들에 의하면, 결말은 그 스토리가 서술하는 사건으로 유도되는 욕망에 발생한 일을 가리킨다."[8]

플롯의 대응 형태라는 개념은 소설이 시간적 진행 속에

---

[8] 조너선 컬러, 『문학이론』, 이은경 외 옮김, 동문선, 1999, 137쪽.

서 일어난 변화를 표현한다는 기본 인식에 입각해 있다. 그 변화를 표현하기 위해서는 처음의 상황이나 현실이 다음에, 또는 최종적으로 어떻게 바뀌었는가를 보여 주는 방법이 가장 효율적이다. 처음과 마지막을 대비하면 무엇이 어떻게 달라졌는지 독자가 쉽사리 확인할 수 있기 때문이다. 이러한 사실은 작가들도 이론을 습득하기 이전에 체험적으로 잘 알고 있다. 우수한 작품들을 보면 이 플롯의 대응 형태가 잘 갖추어져 있는 것을 쉽게 발견할 수 있다. 사례를 들어 설명하면 이범선의 「오발탄」, 박민규의 「아침의 문」, 톨스토이의 『전쟁과 평화』, 채만식의 「명일」 등은 작품의 앞과 뒤에 유사한 장면이 나와 있어서 그 두 장면을 비교하여 살펴보면 거기에 어떤 변화가 일어났는지 쉽게 알아볼 수 있게 해 준다. 이런 사례는 부지기수로 들 수 있는데, 그 대응하는 장면을 통해 작가가 전달하려고 하는 주제사상이나 의미를 뚜렷하고 명료하게 형상화하고자 한 흔적이라 하겠다.

이제 이러한 기초 지식에 입각해서 플롯의 대응 형태 개념을 가지고 작품에 접근해 보자. 『토지』 1부 1편의 제목은

'어둠의 발소리'이다. 이에 비해서 맨 마지막 편인 5부 5편의 제목은 '빛 속으로!'이다. 어둠과 빛이 대응을 이루고 있는데, 시간적 진행을 고려하면 어둠에서 빛으로 한 번 변화한 것을 형상화한 소설이 『토지』다. 이 변화를 통상 음변양화陰變陽化라고 한다. 쉽게 말해서 '변화'라고 표현할 수 있는 이 음변양화는 소설 속에 구체적으로 표시되어 있다.

소설 첫머리에서는 양陽에 속하는 최치수가 사랑방에 앉아 있고 음陰에 속하는 농민들이 밖에서 풍물놀이를 하고 있다. 이것은 음의 장면이다. 작품 맨 마지막에서는 음에 속하는 최서희가 마당에 서 있고 밖에서는 양에 속하는 장연학이 춤추면서 둑길을 걸어온다. 이것은 양의 장면이다. 양의 가장 깊은 곳에 음이 있고 음의 가장 깊은 곳에 양이 있다는 것을 보여 주는 장면들이다. 이 두 가지 장면을 시간성을 배제하고 하나의 그림으로 압축하여 표시하면 음속에 양이 있고 양 속에 음이 있으면서 회전하는 형태의 태극도가 된다. 시간의 진행이, 사건의 전개가 소설에 그러한 변화를 가져온 것이다. 이 점에 착안하면 '어둠의 발소리'란 일본 제국주의의 침략을 가리키고 '빛'이란 조선 민족의 해방을 나타낸다는 점을 잘 이해할 수 있다. 고종이 황제로 등극한 1897년의 사건에서 시작한 작품이 해방이 이루어진 1945년에 끝나는 것은 그 점을 입증해 준다.

그런데 플롯의 대응 형태는 작품의 전체 구조에서만 나타나는 것이 아니라 부분에서도 나타난다. 예컨대 『토지』 1부는 평사리의 폐쇄된 상황에서 시작하는데 맨 마지막에는 마을 사람들이 북간도로 집단탈출하는 모습이 표현된다. 또 2부는 용정의 화재로 인해 사람들이 뿔뿔이 흩어져 가는 데서 시작하는데 그 끝에서는 평사리로의 귀환이 이루어진다. 화재로 인해 사람들이 머나먼 곳으로 떠나가는 장면에서 시작하여 마지막에는 고향으로 귀환하는 모습이 형상화되어 있는 것이다. 이것은 첫 장면과 마지막 장면이 대응하는 양태를 잘 보여 준다. 물론 작품 전체 구조에 나타나는 플롯의 대응 형태에 비기면 부분이나 소단위에서 이루어지는 대응 형태는 명료성이 뒤떨어지기 쉽지만 그럼에도 불구하고 처음과 마지막, 앞과 뒤에 대응의 양상이 나타나는 것은 서사의 필요성에 의해 자연스럽게 갖추어진 장치라고 할 수 있다. 따라서 독자가 작품을 읽을 때 처음

의 장면과 그 뒤의 장면 또는 최종 장면이 어떻게 대응하는
가를 살피면 작품의 전체 구조는 무엇이며 그 구조는 어떻
게 만들어져 변화를 보여 주는가를 알 수 있다.

그렇다면 음변양화, 변화를 나타내는 작품의 사건들은
구체적으로 어떻게 진행되는가. 사건의 진행이 작품 속에
서 어떤 과정을 거쳐서 이루어지는가 하는 물음에 구체적
으로 답하는 데는 두 번째 이론, 츠베탕 토도로프의 서술명
제 이론이 도움이 된다.

츠베탕 토도로프는 서술의 통사론에 대해 설명하면서 서
술을 크게 세 가지 단위로 구분하고 있다. 그는 서술의 최소
단위를 서술명제로, 그다음 단계의 서술 단위를 시퀀스로,
최종적인 단계의 서술 단위를 '하나의 텍스트 전체', 곧 장편
소설이나 중단편소설, 희곡과 같은 형태라고 나누고 있다.
그는 이 하나의 텍스트 전체가 시퀀스의 삽입, 연결, 교체의
방식에 의해 조직되는데, 시퀀스 또한 서술명제의 다섯 단
계를 통해 이루어지는 원리를 다음과 같이 설명한다.

"서술명제들은 무한한 고리의 연쇄를 이루지는 않는다

것들은 순환되는 더 큰 단위들로 조직되는데, 그 단위를 독자라면 누구나 직관적으로 알 수 있고(하나의 순환을 보고 우리는 그것이 완결된 하나의 전체라는 인상을 받게 된다) 또 분석을 해보면 어렵지 않게 확인된다. 이와 같은 서술명제 다음의 서술의 단위가 시퀀스라고 하는 것이다. 시퀀스의 끝은 원초의 서술명제가 불완전하게 되풀이되는 것으로(차라리, 원초의 서술명제가 변형되는 것으로라고 말하고 싶은데) 표시된다. 한결 설명을 편하게 해서, 그 원초의 서술명제가 안정한 상태를 묘사하는 것임을 인정한다면 결과적으로, 완전한 시퀀스 하나는 ―언제나 그리고 오직― 서술명제 다섯으로 구성된다고 할 수 있다. 이상적인 이야기는 안정한 상황에서 시작하여, 그 안정한 상황이 어떤 힘에 의해 어지럽혀지고, 그 결과로 불안정한 상태가 이루어지는데, 그 힘과 반대 방향으로 다른 하나의 힘이 작용하여 안정이 회복되는 것이다. 둘째 번 안정은 첫째 번 것과 아주 비슷한 것이지만, 그러나 그 둘은 결코 같은 게 아니다. 따라서 하나의 이야기에는 두 가지 유형의 삽화들이 있게 된다. ― 상태(안정한 상태이든 불안정한 상태이든 간에)를 묘사하는 삽화들과, 한 상태에서 다른 상태로의 이행을 묘사하는 삽화들이 그것이다."[9]

조녀선 컬러의 이론과 츠베탕 토도로프의 이론은 서로
연관되는 내용이고 근본적인 관점에서는 동일한 이론이
다. 작품 전체의 구조를 주안점으로 하여 서술 이론을 제시
하기 때문이다. 그렇지만 두 사람의 이론은 각기 장단점을
갖는다. 컬러의 견해가 작품을 두 개의 장면으로 압축하여
파악할 수 있게 하는 데 비중을 두고 있다고 한다면 토도로
프의 이론은 하나의 텍스트를 다섯 단계로 나누어 사건의
진행을 정밀하게 관찰할 수 있게 해 준다. 곧 하나의 작품
은 ① 안정된 상황에서 시작하여 ② 그 상황을 변화시키려
는 힘의 작용이 있으면, ③ 그로 인해 불안정한 상황이 초
래되고 ④ 그 불안정한 상황을 안정시키려는 반동의 힘이
작용하여 ⑤ 새로이 안정된 상황이 초래된다는 것이다. 최
초의 안정된 상황-힘의 작용-불안정한 상황-반동의 힘의
작용-새로이 안정된 상황이란 다섯 단계로 텍스트를 구분

---

9 츠베탕 토도로브, 『구조시학』, 곽광수 옮김, 문학과지성사, 1981, 101쪽.

해 볼 수 있게 해 주는 것이다.

이 이론을 곧바로 『토지』에 적용하여 그 타당성을 검증할 수 있다. 그러나 그 검증 작업은 작품 속 행동의 주체를 누구로 파악하는가 하는 문제가 선결되어야 원만히 실행될 수 있다. 여기에서 『토지』가 최서희를 주인공으로 하는 소설이라는 일반적인 견해를 먼저 시험해 볼 수 있다. 최서희가 소설의 중심축이라는 것은 그녀가 작품의 맨 처음부터 마지막 장면에까지 등장하는 대표적인 인물이라는 사실을 통해 알 수 있다. 뿐만 아니라 그녀는 각 부마다 다른 성격을 지니고 나타난다. 1부에서는 외부의 억압을 받아 성격이 날카로워지며 2부에서는 사업에 크게 성공하여 활동 무대를 크게 넓히지만 어느 순간 밖으로 뻗어 나가려는 원심력을 안으로 회귀하고자 하는 구심력으로 바꾸어 결혼을 하고 아이를 낳으며 고향으로 돌아간다. 3부에서 최서희는 자신의 아이들을 보호하고 어려운 처지에 있는 이웃 사람들을 돌보는 데 노력을 기울인다. 열매를 맺으려는 움직임이다. 4, 5부에 이르면 최서희는 은밀히 독립운동 세력을 지하기도 하지만 전반적으로는 은인자중하는 모습을 보인다. 두드러지지 않게 행동하면서도 사람들과 같은 마음이 되는 것이다.

이와 같은 최서희 성격의 변화는 서술명제 다섯 단계와 상응하는 측면이 있어 나름대로 의미가 있다고도 할 수 있지만 엄밀히 따질 때 그녀의 성격이나 행동이 토도로프가 말하는 다섯 단계의 서술명제를 충족시킨다는 느낌을 주지는 못한다. 최초의 안정된 상황에서 일본이라는 힘의 작용으로 불안정한 상황이 만들어졌다는 것은 그런대로 인정할 수 있다. 그러나 그 불안정한 상황을 깨트리고 새로이 안정된 상황을 가져올 반동의 힘이 작용하는 모습은 작품 속에 구체적으로 나타나지 않는 것처럼 보이기 때문이다. 토도로프의 개념을 사용하면 한 상태에서 다른 상태로의 이행을 묘사하는 삽화들이 충분치 않은 것이다. 이와 같은 양태는 어떤 다른 인물이나 가족, 집단을 주인공으로 설정해 보아도 근본적으로 변하지 않는다. 그렇다면 이론에 결함이 있든지 소설의 형상화에 문제가 있든지 둘 중에 하나이거나 두 가지 모두일 것이다.

이론에 대한 다른 사람들의 의견을 들어 볼 기

지

지 소설 이론 **129**

7장 「토지」

지 못했지만 작품이 후반부로 갈수록 재미가 없다는 독자들의 반응은 주위에서 쉽게 찾아볼 수 있다. 2부까지는 명작이라 하여 크게 손색이 없을 만큼 재미있지만 3부 이후에는 이야기의 진행이 힘을 잃고 갈팡질팡 산만하게 전개된다는 것이 그동안 사람들 사이에 회자된 작품에 대한 일반적 의견이었다. 이 의견의 타당성을 진지하게 검토하기 위해서는 작품을 새롭게 읽는 일이 필요하고 거기에는 소설의 부분과 전체의 관계를 새로운 시각에서 분석하고 해석하는 일이 요구된다.

토도로프의 서술명제 이론에 비추어 볼 때 『토지』에서 가장 문제가 되는 대목은 불안정한 상황에 작용하여 새로이 안정된 상황을 가져오는 반동의 힘이 구체적으로 나타나지 않는다는 점이다. 이것은 작품의 후반부에 속하는 3, 4, 5부에 문제가 있다는 지적이라 할 수 있고 그중에서도 4부와 5부의 말씀과 대화의 번성을 비판적인 시각에서 바라보는 관점이다. 이 사실을 좀 더 부연하여 설명하는 데는 이야기와 플롯을 구분하여 보는 관점이 필요하다. 이야기는 시간의 순서에 따라 정리된 사건의 서술이다. 이에 비해 플롯은 인과관계를 강조하는 사건의 서술이다. 그리하여 이야기는 독자의 호기심에 호소하지만 플롯은 '그 이상의 것'을 요구한다.

E. M. 포스터는 플롯을 읽어 내는 데 필요한 '그 이상의 것'을 지력智力과 기억력이라고 파악한다. 독자는 지력에 의해서 주어진 사실을 "먼저 독립시켜서 보고 다음에 먼저 읽은 다른 사실들과 연관을 맺고 보는 것"이란 견해다. 여기서 포스터는 플롯이 시간의 연속을 유보함으로써 시간의 단층을 만들어 내고 그 시간의 단층은 작품의 신비와 깊이 연관된다고 파악한다. 플롯에 필수적인 것으로서 "신비를 이해하기 위해서는 마음의 일부는 뒤에 남아서 명상을 해야 하고 그동안 다른 부분은 앞으로 나아가야 한다"는 의견이다. 포스터가 여기서 이야기하는 지력과 기억력, 명상이 작품의 독서에서 맡는 역할은 매우 중요하다. 또 시간의 연속을 유보함으로써 '신비란 시간의 단층'이 생긴다는 견해도 포스터가 소설가였기 때문에 가질 수 있었던 통찰이라고 할 수 있다. 더욱이 그 통찰에 기대어 포스터는 한 걸음 더 나아가게 되는데, 그것은 이제까지 다른 이론가들이 답

사해 보지 못한 경지다. 포스터는 이렇게 말한다.

"플롯의 모든 언행은 의미를 갖고 있어야 하고, 경제적이고 단출해야 하며, 복잡하게 엉켰더라도 유기적이어야 하고, 쓸데없는 것에서 벗어나야 한다. 플롯은 어렵거나 쉬워도 좋고 신비성을 내포할 수도 있어야 하지만, 단지 독자를 오도해서는 안 된다. 플롯이 전개될 때 독자의 기억력은 그 위를 배회할 것이며(지력이 정신의 빛나는 칼날이라면 기억력은 정신의 희미한 후광이다), 새로운 단서와 인과의 새로운 사슬을 맞아 꾸준하게 재정리하고 재삼 숙고하게 될 것이지만, 마지막에 느끼는 것은 (훌륭한 플롯이라면) 단서나 쇠사슬에 대한 것이 아니라, 미적 감정으로 충만된 것, 소설가가 바로 보여 주었어야 하지만 보여 주었다면 아름답게 되지 못했을 것, 바로 그 무엇이다. 이 연구에서는 처음이지만 우리는 여기서 미美의 문제에 부딪쳤다. 소설가가 그것을 달성하지 않으면 실패를 하게 되는 것이지만, 소설가가 목적으로 삼아서는 안 되는 미이다. 나는 다음에 적당한 곳에서 이것을 다루려고 한다. 그동안은 완전한 플롯의 일부로 생각해 두면 된다. 그러나 그녀는 플롯의 일부가 되게 되니 약간 놀라는 표정이다. 그러나 미는 약간 놀라는 표정이어야 한다. 보티첼리가 바람과 꽃 사이에서, 그리고 파도에서 솟아오르는 미의 여신을 그렸을 때, 벌써 이 사실을 알고 있었던 것처럼 미의 얼굴에 가장 어울리는 것은 정감이다. 놀란 표정을 짓지 않고 자기의 지위를 당연한 것으로 받아들이는 미는 너무나 프리마돈나를 연상시킨다."[10]

포스터가 훌륭한 플롯이 달성해야 할 것이라고 하면서도 자세한 언급을 뒤로 미루어 놓은 문제는 책의 마지막 장에 펼쳐져 있는 패턴과 리듬이다. 포스터는 훌륭한 플롯이 뜻하지 않게 패턴과 리듬을 만들어 낼 때 독자는 놀람의 느낌으로 그것을 감수하게 되고 책을 전체로 보게 되는데, 작가가 일부러 그것을 만들어 내려고 하면 작품은 앙상한 것이 되기 쉽다고 말한다. 사건의 자연스러운 전개 속에서 작품의 분위기와 조화를 이루며 만들어지는 패턴과 리듬은

10 E. M. 포스터, 『소설의 이해』, 이성호 옮김, 문예출판사, 1996, 98-99쪽.

인물과 다른 현존 요소가 기여하는 것이기도 하지만 근본적으로는 플롯, 행동에서 나온다는 것이다. 우리는 아리스토텔레스의 『시학』이 플롯의 통일을 가장 중요한 것이라고 밝혔고 그 플롯의 통일은 행동의 통일로 바꿔 이해할 수 있는 것이라는 사실을 알고 있다. 그런데 포스터는 그 행동이 작품의 패턴과 리듬을 만드는 데 주동적인 역할을 수행하고 인물이나 다른 현존 요소도 일정하게 거기에 기여하는 것이라는 인식을 보여 주고 있다. 이러한 포스터의 견해는 서양의 지적 전통에서는 시대를 앞서가는 탁견이고 이 책의 결론으로도 곧바로 이어질 수 있는 성질을 지니고 있다.

그러나 우리의 현재적 관심은 『토지』의 후반부가 왜 말씀과 대화, 지적 담론으로 점철되어 불안정한 상황을 안정시키는 반동의 힘으로 작용하지 못하는가 하는 문제에 결부되어 있다. 이것은 일면 시간의 연속을 유보시킨 플롯이 시간의 단층을 통해서 신비의 요소를 증대시키는 것과 연결시켜 볼 수 있는 사항이다. 그러나 『토지』의 경우, 외적 행동과 대비되는 말씀과 대화와 지적 담론의 역할에 대한 작가의 사고가 치밀하게 형상화에 작용하고 있음을 보아야 한다. 구체적으로 작품은 1부에서 가장 행동이 치열하고 2부에 이르면 그 정도가 완화되며 3부에서는 사건들이 분산된다는 느낌을 준다. 이와 대조적으로 1부와 2부의 사건 전개에서 말씀과 대화는 하나의 초점으로 집중되지 못하고 흩어져 있다. 이에 비해 4부와 5부에서 말씀과 대화는 왕성하게 펼쳐지고 하나로 통일되며 행동의 측면은 약화된다. 행동과 말씀이 서로 간에 밀물과 썰물처럼 들고 나면서, 또는 태극의 음양이 서로 맞물려 돌아가듯이 한쪽이 강화되면 다른 쪽이 약화되고 다른 쪽이 강화되면 반대쪽이 약화되면서 작품이 진행되는 것이다. 이 사실에 주목하면 소설은 3부를 전후로 해서 행동이 주도적인 역할을 하는 부분과 정신이나 관념이 지배적인 역할을 하는 부분으로 나누어짐을 알 수 있다.

1, 2부에서 말씀과 대화는 부차적인 지위를 차지하는 데비해 4, 5부에서는 큰 물줄기를 형성하면서 통일되어 행동을 대체하고 4, 5부의 행동들은 담론들의 부수적인 사항에서 벗어나지 못하지만 1, 2부에서는 사건소설이라고 할 만치 행동이 전체 국면을 지배한다. 이러한 양태는, 사건과

행동이 지배적인 국면과, 말씀과 대화와 지적 담론이 지배적인 국면이 교체하는 현상은 우연히 조성된 것이 아니라는 점을 말해 준다. 이 사실은 4, 5부에 이르면 느낌이나 의식, 말씀과 대화와 담론이 행동의 성격을 지닌다는 서술자의 직접적인 설명에 의해 뚜렷이 부각된다. 구체적으로 5부에서는 느낌과 의식, 말씀과 대화가 행동이 되는 원리를 언급하는 대목이 여러 곳에 등장한다. 예컨대 "죽어라, 죽어라, 망해라, 망해라, 절실하게 간절하게 생각하면 상대가 그리된다는 거야"라는 말 뒤에 그 염력을 설명하는 인물들의 대화가 길게 덧붙어 있다.

"아까 염력이라 했는데 그 말을 한 사람의 말을 빌리자면 여자가 원한을 품으면 오뉴월에 서리가 내린다, 그러니까 그런 염력도 인간에게 주어진 하나의 능력이라는 거야. 그 사람의 말로는 개인뿐만 아니라 집단이나 민족도 그 염력 때문에 정권이 쓰러지기도 하고 독재자가 비명에 가기도 한다, 하니 일본도 결국은 망할 것이다, 해악을 끼치는 상대는 말하자면 일종의 마성魔性인데, 분노하여 급사하는 사람이 있고 그 땜에 병들어서 앓다가 죽는 사람도 있지만 그 사람들은 마성을 이겨낼 능력이 부족했던 탓이며, 이겨내어 상대를 쓰러뜨리는 사람은 그 능력이 많다는 거고 기가 넘었다, 기가 막힌다, 기가 찬다, 또는 기가 세다, 그런 말들은, 그러니까 그 기라는 것을 능력으로 본다는 거지. 인간에게는 분명히 보이지 않는 힘이 있고 신비한 경지가 있다는 거야. 예감이라든지 꿈의 암시 같은 것도 그런 능력에서 오는 거래. 불가에서는 식識이 맑으면 그렇다 한다는 건데 식이 맑아지는 데도 수도가 따르겠지만 말이야."

이와 같은 언술은 『토지』의 후반부에서 말씀과 대화와 담론이 하나의 행동처럼 쓰였고 실제로 그 역할을 수행한다는 사실을 뒷받침해 준다. 그러나 이러한 언술들을 작품이 근대적 이성과 지성에 대하여 불신을 가진 증표로 간주할 수는 없다. 그 이유는 플롯의 인과관계에 그러한 관념이나 사상, 세계관이 직접적으로 작용했다는 증거를 찾을 수 없기 때문이다. 그러한 사고가 "새로운 단서와 인과의 새로운 사슬을 맞아 꾸준하게 재정리하고 재삼 숙고"하는 것은 구조 전체를 파악하려는 시도로서 성립하고 그것이 작품에 대한 고유한 느낌을 갖게 하는 것은 사실이라 하더라도 작가는 그 신비에 주눅이 들거나 위축되지 않는다. 포스터는 "플롯이 소설의 논리적이며 지성적인 형상"으로서 "플롯은 신비를 필요로 하지만 신비는 나중에 해결된다"고 말하고 있다. 이 사실은 『토지』를 통해서도 입증할 수 있다.

우리는 지금까지 작품의 4, 5부가 불안정한 상황을 새로운 상황으로 변화시키는 반동의 힘을 보여 주지 못했다는 점을 지적해 왔다. 그러나 실제 변화는 어떻게 일어났는가. 소설은 조선 민족이 칠흑같이 깊은 어둠 속을 헤매고 있을 때 문득 해방이 이루어졌음을 보여 주고 있다. 그 해방은 실재하는 역사적 사건이다. 조선 민족의 염력이 그렇게 했는지 말씀이 그렇게 했는지, 기가 넘쳐서 그랬는지, 수레를 타고 온 신적 존재가 그렇게 했는지는 모르지만 해방이 이루어진 것은 역사적 사실이고 거기에 주술적 사고나 비합리성이 끼어들 자리는 없다. 이것은 정확히 말해서 데우스 엑스 마키나의 현대판인 아이티온aition의 기법이다. 역사적 기념물을 통해 현실에서 일어난 신비한 변화를 정당화하는 수법인 것이다. 이렇게 보면 소설은 인과관계를 뛰어넘은 신비를 통해 플롯을 구축하고 있다. 그 플롯은 시간의 연속에 의한 이야기가 아니라 시간의 단층을 신비로 휘감은 인과관계의 서술이다. 작가가 중국인의 세계관을 합리주의, 일본인의 세계관을 공리주의, 한국인의 세계관을 신비주의로 구분하여 이해한 연유를 얼마간 짐작할 수 있게 하는 대목이다.

그러나 이러한 작품 인식은 아직 충분한 것이 아니다. 작품을 운동을 중심으로 하여 보라고 했던 이유가 아직 설명되지 않고 있기 때문이다. 앞에서 몇 가지 소설 이론을 동원해 분석한 작품의 구조는 운동을 중심으로 보는 방법에 의해서 획득한 결과를 바탕에 깔고 작품을 분석한 내용이다. 그러므로 운동을 중심으로 하여 작품을 보면 어떤 일이 일어나는지 구체적으로 살피는 일이 필요하다.

8장
작품의 패턴과 전체상

　　E. M. 포스터의 『소설의 이해』는 비교적 얇은 책자이지
만 소설가의 실제적인 창작 체험이 텍스트의 이면에 짙게
녹아 있어 이론가나 비평가의 체계적 이론이 쉽게 무시할
수 없는 풍부한 내용을 담고 있다. 그 가운데서도 책의 마
지막 장인 「패턴과 리듬」은 기왕의 소설 이론 책에서는 찾
아볼 수 없었던, 소설 이론에 새로운 경지를 열어 주는 장
면이라고 할 수 있다. 그러나 새로운 세계에 첫발을 내디디
는 사람들이 매번 겪어야 하는 일을 포스터 역시 감수하지
않으면 안 되었다. 포스터는 자신이 말하고자 하는 것을 적
절히 표현해 줄 개념이나 용어가 없어 어려움을 겪는다. 그

가 '패턴과 리듬'이라는 용어로 표시하고 있는 것은 분명 소설과 관련되는 사항이었을 것임에도 불구하고 그는 미술에서 패턴이라는 용어를 끌어오고 음악에서 리듬이라는 용어를 빌려 온다. 그 두 가지 개념을 원용해서 자신의 머릿속에서 또는 마음이나 체험 속에서 형성된 어떤 특별한 것을 표현하고자 한 것이다. 그와 마찬가지로 패턴과 리듬이 서로 다른 영역에 근거를 두는 개념이며 그 가운데 어느 하나도 소홀히 할 수 없는 성격을 지니고 있음을 알면서도 필자 역시 여기서 그것들을 나타내는 개념으로 패턴이란 용어를 쓰고자 한다. 리듬이 차지하는 영역의 중요성을 알면서도 논리 전개의 편의를 위해, 또 시간을 절약하기 위해 그것들을 다 같이 패턴이란 말 속에 포함시켜 논의하고자 하는 것이다.

포스터에 따르면 패턴은 "주로 플롯에서 나오며 인물과 기타 다른 현존 요소가 역시 기여하는 어떤 것"이다. 포스터는 그것이 회화적 영상으로 요약될 수 있는 것이자 분위기 또는 정조와 연관되는 것으로서 "우리의 미적 감각에 호소하고 책을 전체로 보게 만드는" 특징을 갖는다고 말한다.

이렇게 간단하게 언명한 뒤 포스터는 소설가답게 패턴을
이론적으로 규명하기보다 구체적인 사례를 들어 설명하고
있다. 아나톨 프랑스의 『타이스』와 퍼시 러보크의 『로마구
경』, 헨리 제임스의 『대사들』이 패턴을 가지고 있다는 것이
다. 독자들 역시 이 작품들을 구해 읽으면 패턴이 무엇인지
금방 알 수 있다. 책을 읽는 순간 자신의 마음속에서 모래
시계와 같은 패턴이나 고리 모양의 형상이 어떤 정조, 분위
기, 리듬 속에서 선명하게 형성되는 것을 느낄 수 있다. 예
컨대 『타이스』를 읽으면 어떤 기운 같은 것이 한쪽으로 빠
져나가고 그 빈 곳에 다른 기운이 차오르는 느낌을 받게 된
다. 그것은 모래시계 모양이다. 하지만 포스터는 헨리 제임
스의 소설이 패턴을 위해 많은 것을 희생함으로써 작품을
윤기 있고 풍성하게 만들지 못했다고 비판한다. 이러한 지
엽적인 문제들이 있음에도 불구하고 포스터의 패턴에 대
한 논의는 현상을 정확히 파악하여 서술하고 있다는 점에
서 그 가치를 높이 살 만하다. 우선 그것이 작품의 통일성,
행동의 통일과 관련되는 것이며 인물이나 다른 현존 요소
도 기여하는 것이지만 주로 플롯에서 나오는 것이란 관점

은 이제까지 주목받지 못했던 소설 이론의 핵심을 짚고 있다. 그는 패턴이 "구름 속에서 비치는 한 줄기 햇빛처럼 플롯을 동반하여 플롯이 사라진 후에도 그대로 보인다"고 말한다. 이처럼 패턴을 플롯, 다시 말해서 행동과 연관시키는 관점은 매우 중요하다. 행동은 운동, 동작, 순수운동, 순수동작 등과 직접적으로 연결되는 것으로서 패턴이나 필자가 말하려는 상, 또는 전체상의 이해에 불가결의 요건이기 때문이다.

그러나 패턴에 대한 본격적인 논의로 나아가기 전에 최근에 이루어지고 있는 이론 지형의 변화를 잠깐 언급하는 것이 필요해 보인다. 브라이언 보이드는 근래의 저작인 『이야기의 기원』에서 패턴에 대하여 주목할 만한 발언을 내놓고 있다. 그는 자신의 학문적 배경을 진화비평이라고 스스로 밝히고 인간의 본성, 예술, 픽션, 패턴의 관계를 체계적으로 고찰한다. 그에 따르면 인간은 감각과 정신을 진화시켜 삶에 필요한 정보를 수집 처리한다. "다른 종들처럼 인간도 전문화된 패턴 인식(과거 정보의 형상을 기억하고 이것과 새로운 정보의 형상을 비교하는 인식 방식)이 허용하는 신속한 처리를 통해 정보를 흡수하지만, 다른 종들과 달리 우리가 정보를 추구하고 형성하고 공유하는 방식은 자유롭고 개방적이다. 패턴은 자료를 빠르게 이해할 수 있게 해 주므로 우리는 패턴을 적극적으로 추구한다. 특히 우리의 정신, 우리의 가장 귀중한 정보기관인 시각과 청각, 우리의 가장 중대한 분야인 사회적 정보에서 풍부한 추론을 만들어 주는 패턴이 중요하다"는 것이다. 이러한 관점에서 예술을 패턴과의 인지적 놀이라고 규정한 보이드는 패턴과 인간의 진화가 맺는 관계를 다음과 같이 설명한다.

"우리가 패턴에 매달리는 이유는 패턴이 많은 것을 말해 주기 때문이다. 화학자인 피터 앳킨스가 말하듯이 패턴은 '과학의 생명줄이자 이론의 씨앗이다.' 스티븐 제이 굴드는 패턴을 선호하는 우리의 성향에 관해 이렇게 썼다. '복잡한 세계를 만들려는 게 아니라 이해하려는 하찮은 생물의 영혼에게 다른 사고 습관이 그렇게 깊이 뿌리박힐 수는 없다.' 오직 인간만이 정해지지 않은 방식으로 패턴을 추구하는 호기심을 가지고 있다. 그 호기심 덕분에 우리 조상은 하늘에서 별자리를 보았고, 별과 행성의 운동으로부터 지구의 회전을 처음으로 추론했으며, 더 나아가 우주의 팽창과 다중우주의 가능성을 예측했다."[11]

　보이드의 관점은 예술을 '패턴을 가진 인지놀이'로 본다는 점 이외에 "위대한 예술은 고농도의 다층적 패턴을 보여 준다"고 보는 점에서 우리의 논의에 유익하다. E. M. 포스터의 패턴에 관한 논의는 대부분 하나의 작품 전체가 가지고 있는 패턴을 대상으로 하고 있다. 그러므로 작품에서 패턴을 보았다는 것은 작품이 지니고 있는 여러 가지 정보들을 통합적으로 파악했다는 것을 의미한다. 그것을 보이드는 "풍부한 추론을 할 수 있도록 구성된 정보"라고 말하고 있다.

　사람은 갖가지 방법으로 정보들을 모으고 구성하는데, 풍부한 추론은 그 조직된 정보를 바탕으로 할 때 가능하고

11　브라이언 보이드, 앞의 책, 133-134쪽. 번역은 원문을 참조하여 인용자가 수정했다.

가치가 있다. 우리가 하늘에서 별자리를 읽어 내고 지구의 회전을 추론하며 다중우주의 가능성을 보는 것은 모두 풍부한 추론의 결과이며 그것은 정보를 효과적으로 구성하여 패턴을 만든 덕분이다. 인간이 패턴을 향한 갈망을 가지는 것은 그 때문이다. 미적 감각 또한 혼돈보다도 질서를 갖춘 패턴을 선호하는 경향을 보이는 것은 인류의 오랜 역사 속에서 형성된 성향에 말미암는다. 고농도의 정보가 구성의 적합성을 갖춘 대상에서 미감을 느끼게끔 인간은 진화해 왔다는 것이다. 패턴이 과학의 생명줄이자 이론의 씨앗이라는 견해는 그러한 인식에 바탕을 두고 있다.

그런데 보이드는 패턴이 많은 정보를 압축해서 고농도로 만들 뿐 아니라 다층성을 가지고 있다고 본다. 다층성이라는 것은 대상을 구성하는 단위나 차원별로 패턴이 갖추어져 있다는 사실을 말해 준다. 작품을 예로 들어 말하면 작품 전체에 패턴이 있을 뿐만 아니라 하위 구성 단위별로 패턴이 갖추어져 있다는 견해다. 우리는 앞에서 『토지』의 각 부가 그 자체로 플롯의 대응 형태를 갖춘 패턴일 수 있는 가능성을 간단히 언급한 바 있다. 그와 유사한 방식으로 보이드는 작품론을 통해 실제로 패턴의 다층성을 분석해 보여 준다. 『오딧세이』의 등장인물들이 몇 개의 패턴을 가지고 있음은 물론 플롯에서도 인물 대비, 구조적 역설, 이야기의 복선 등에 패턴이 보인다는 것이다. 이와 같은 견해는 『토지』의 패턴과 전체상을 고찰하려고 하는 우리의 작업에 많은 점을 시사한다. 작품 전체가 패턴을 가질 뿐 아니라 하위 단위에서도 차원별로 패턴이 있다는 것을 인정하면 그 패턴들의 통일로써 작품의 전체상을 상정할 수 있기 때문이다.

포스터의 소설 이론에서 패턴은 주로 플롯을 통해 구름장 사이로 비치는 햇살처럼 나타나는 것으로 인식되었다. 플롯이 행동과 긴밀하게 연관되는 사항이라는 점을 감안하면 하나의 작품은 운동을 통해 패턴을 만들어 내는 것인데 보이드의 관점을 인정하면 작품에는 운동을 통해 형성되는 패턴이 여러 차원에 있을 수 있게 되고 그것들이 통일됨으로써 그 개별적 패턴보다도 큰 새로운 패턴을 만들어 낼 수 있게 되는 것이다. 이와 같은 관점은 인터넷의 사전에 실린 패턴에 대한 설명에서도 찾아볼 수 있다. 예컨대 다음daum

148

에 실린 『컴퓨터 정보용어대사전』(한국사전연구사, 1994)은 패턴을 다음과 같이 설명하고 있다.

"공간적 또는 시간적으로 관측 가능한 현상, 사상 또는 그것들이 관측, 처리된 데이터로서, 그것이 갖는 구체적, 추상적인 형태, 구조 등의 대국적, 전체적인 상像의 파악으로 일정한 기준에 따라 유사성, 동일성이 판단되도록 하는 성질을 갖춘 것. 대국적, 전체적으로 파악된 상 자체를 가리키는 수도 있다. 넓은 뜻으로는 관측된 현상, 사상에 관한 개념 등의 추상적 데이터 표현도 포함된다."

사전의 정의가 그다지 명료하다고 할 수는 없지만 그럼에도 불구하고 그 서술은 중요한 내용을 환기하고 있다. 우선 사전은 패턴이 공간적 또는 시간적으로 관측 가능한 현상에 토대를 두고 있다는 것, 그 형태와 구조의 대국적, 전체적인 상을 통해 관측 대상이 된 사상의 유사성과 동일성을 판단할 수 있게 하는 성질을 지녔다는 것, 때로는 그것이 전체적으로 파악된 상 자체를 가리킬 수도 있다는 것,

넓은 뜻으로는 관측된 현상의 개념에 대한 추상적 데이터 표현도 포함한다는 것이다. 이 사항들의 의미를 이 자리에서 일일이 검토할 수는 없지만 사전의 정의를 통해서도 패턴이 여러 층위에 걸쳐져 있고 그에 따라 다양한 함축을 지니고 있음을 엿볼 수 있다.

그중에서도 대국적, 전체적으로 파악된 상像 자체가 패턴이 되기도 한다는 발언과 넓은 뜻에서는 관측된 현상 등에 관한 추상적 데이터 표현도 포함한다는 발언은 지금 우리가 언급하고 있는 사항과 직접적으로 연결된다는 측면에서 시사하는 바가 크다. 그것은 우리가 『토지』의 각 부의 패턴을 운동성을 핵심 요소로 하여 파악하였다는 사실과 연관시킬 때 더욱 의미심장한 일이 된다. 곧 1부는 솟구치는 운동성인 목木에 해당하고 2부는 펼쳐지는 운동성인 화火에 해당하며 3부는 영글게 하여 거두는 운동성, 4, 5부는 저장하는 운동성으로 파악한 것이 작품의 전체상을 통일적으로 직관하는 것과 긴밀하게 결부됨을 짐작할 수 있게 하는 것이다.

그러나 이렇게 여러 층위에 존재하는 패턴과 전체가 갖

추고 있는 패턴을 이론적으로 인정하면 그것들 사이에 존재하는 관계가 어떤 것이며 상호 간의 작동 방식이 무엇인지를 규명하는 일이 필요해진다. 이 작업은 필자가 『토지』의 전체상을 읽고 거기서 각 부분이 어떤 패턴을 지니는지 파악했던 순서와 반대 방향으로 진행되어야 한다. 작품을 읽고 빅뱅의 장엄한 이미지를 떠올렸던 순간을 먼저 이야기하게 되면 일종의 직관이나 신비를 먼저 제시하고 그것을 합리적으로 설명하는 형식이 되기 때문이다. 따라서 여기서는 먼저 소설의 각 부를 하나의 패턴으로 설명하고 마지막에 이르러서 그 패턴들이 어떻게 상호작용하여 작품의 전체상을 만들어 내는지 살펴본다. 그것은 작품 체험과 그에 대한 이론적 작업의 순서를 거꾸로 밟는 방식이다.

우리는 『토지』의 각 부가 음양오행의 상생 순서에 따라 서로 다른 서술 방식을 사용하고 있음을 살펴보았다. 1부는 사건의 긴장이 극에 달한 상태의 묘사로 점철된다. 아버지의 기에 눌려 억압을 받는 딸이라든가 쫓고 쫓기는 자들의 이야기, 목숨을 걸고 진행되는 야반도주, 시앗을 본 여자의 투기와 강짜, 살인모의와 추적, 살해, 범인의 추국 등이 서술된다. 그 뒤로 펼쳐지는 농민들의 봉기나 북간도로의 집단탈출, 호열자의 유행 등이 모두 소설의 긴장과 서스펜스를 조성하는 데 기여한다.

여기서 지금까지 1부의 사건들에 대한 설명에서 자주 언급된 억압의 문제를 관련시켜 보면 이해에 도움이 될 수 있다. 『토지』는 『춘향전』과 마찬가지로 억압을 다룬 소설이다. 『춘향전』이 변학도로 상징되는 신분질서의 억압에서 춘향이 해방되는 것으로 작품이 끝나듯이 『토지』 또한 일본 제국주의의 억압에서 조선 민족이 해방되는 것으로 소설이 끝난다. 그렇다면 『토지』에서 억압은 무엇이었던가. 작품 1부 첫머리에서 최서희는 아버지의 무서운 기에 눌려 헛구역질을 하고 딸꾹질을 한다. 그다음에 그녀는 어머니를 데려오라며 생떼를 쓰고 발악을 한다. 그다음 이어지는 사건들은 최서희에게 주어지는 억압과 그에 대한 그녀의 반발의 양태를 잘 보여 준다. 조준구의 재산 침탈, 조병수와 결혼시키려는 음모 등의 억압을 견디다 못해 최서희는 의병에 참여한 사람들과 함께 북간도로 탈출한다. 그러나 이 탈출이 진정한 해방은 아니다. 진정한 해방을 맞기까지 그녀는 아직 오랜 시간을 은인자중 참고 기다리며 견뎌야 한다.

이렇게 억압이란 주제와 최서희 성격의 변화를 관련시켜 하나씩 생각하면 그것이 일정한 질서를 따르고 있음을 알 수 있다. 그것은 음양오행의 상생 순서와 일치한다. 오행은 음양이 가는 길 또는 태극이 가는 길을 나타낸다. 그 길은 여러 갈래이지만 『토지』가 따르는 길은 목·화·토·금·수 란 상생의 순서이다. 그 순서는 생장수장生長收藏이란 자연의 이치와도 일치한다.

『토지』가 오행의 상생 순서를 따르고 있다는 사실을 파악하면 이 작품의 각 부가 지닌 패턴이 어떤 형태의 것인지 짐작할 수 있는 많은 단서들을 얻을 수 있다. 전체 구조의 윤곽이 드러났기 때문에 그 의미가 막연하던 부분들도 명료하게 파악되기 시작한다. 1부는 오행의 목木에 해당한다. 목은 솟구침의 운동성을 갖는다. 씨앗은 물의 압력을 받아야 비로소 싹을 틔우기 때문에 최서희에게 가해지는 억압은 그녀가 싹을 틔울 수 있는 조건을 충족시키는 일에 해당한다.

최서희가 받는 억압은 여러 가지 형태이다. 아버지의 무서운 기도 억압이고 어머니가 눈 깜짝할 새에 사라져 버린 것도 억압이다. 조준구가 재산을 침탈하는 것도 억압이며 조병수와 결혼시키려는 시도도 억압이다. 그러나 소설에서 궁극적으로 문제가 되는 억압은 일본 제국주의라는 세력의 침략이다. 조준구는 의병을 토벌하기 위해 온 일본 헌병대와 손을 잡았기 때문에, 옆에서 도와줄 수족이 잘려 나간 최서희가 살아남기 위해서는 평사리를 떠나야만 했다. 그러나 북간도라는 공간이 해방구역은 아니다. 고향으로 돌아가는 날을 생각하면 현실적 권력인 일본과의 관계를 적당한 수준에서 조절하지 않을 수 없다.

2부에서 최서희는 평사리에서보다도 더 많은 재산을 모으지만 사업 확장에만 매달리지 않는다. 많은 사람이 살 길을 찾아 머나먼 곳으로 떠나가는 속에서도 그녀는 고향으로 돌아가기 위한 준비를 소홀히 하지 않는다. 이것은 2부가 오행의 화火에 해당하는 것과 연관된다. 화는 잎사귀를 상으로 한다. 잎사귀와 같이 넓고 얇게 펼쳐지는 것이 화의 성질이다. 펼쳐짐의 운동성인 것이다. 평사리에서 떠나온 사람들을 비롯하여 수많은 사람이 낯선 나라 낯선 지역으로 흩어져 가는 것은 이 단계가 잎사귀를 상으로 하는 화의 단계라는 것을 나타내 준다.

그러나 잎사귀만 무성하면 열매를 거둘 수 없다. 7, 8월에 논에 질소비료를 주면 잎사귀만 무성할 뿐 결실을 기대할 수 없기 때문에 농사를 망친다. 최서희는 열매를 거두기 위해 자신의 결혼을 추진하고 고향으로 가기 위한 방책을 모색한다. 이것은 원심력을 구심력으로 전환하는 일에 해당하는데, 원래 오행의 화火의 한가운데에는 토土가 들어 있다. '토'는 변화의 원리를 나타낸다. 하나가 열이 되고 열이 하나가 되는 원리를 나타내고 있는 것이면서 지금까지와는 다른 길로 운동의 방향을 전환하는 특성을 지닌다. 화火의 자리 안에 변화를 나타내는 토土가 들어 있는 것은 원심력을 구심력으로 바꾸는 일이 변화 가운데서도 가장 힘들기 때문에 상징적으로 취해진 조처이다.

최서희가 자신의 사업 확장에만 매달리지 않고 인생의 반려를 맞을 준비를 하며 고향으로 돌아가기 위한 방도를 모색하는 것은 원심력을 구심력으로 전환하는 변화의 도리에 합당한 일이다. 그와 같이 변화의 도리에 따랐기 때문에 최서희는 인생의 반려를 구하고 두 아들을 얻으며 고향으로 돌아갈 수 있게 된다.

그러나 2부에서 일어나는 일이 모두 최서희와 관계되지만은 않는다. 일제의 착취와 탄압을 벗어나 북간도로 온 사람들은 조국의 해방을 위해 여러 가지 일을 도모한다. 한일합방 이전에 온 사람이든 그 뒤에 온 사람이든 싸움의 대상은 일본 제국주의라는 존재다. 북간도에 온 사람들 가운데는 일제의 주구가 되어 독립운동가들을 뒤쫓는 사람들도 있다. 이렇게 복잡한 사정이 겹쳐지면서 북간도는 소설의 중심 무대가 된다. 2부의 패턴은 넓게 확장되어 가는 잎사귀와 그 한가운데서 원심력을 구심력으로 전환하여 결실을 준비하는 꽃이 중첩되는 형식이다.

『토지』3부는 3·1운동 이후의 세계를 다룬다. 1부의 중심 무대가 평사리이고 2부의 중심 무대가 북간도를 포함한 동아시아 전역이었음을 생각하면 3부에서 중심 무대의 성격은 특별한 의미를 지니지 못한다. 공간이 넓혀질 대로 넓혀졌으므로 소설은 어느 한 지역에만 집중하지 않고 이곳저곳에 구심점을 만들면서 다양한 사건들을 포섭하는 형태로 바뀐다. 이 양태는 3부가 오행의 금金에 해당하는 성질을 지녔음을 가리킨다. 금은 열매이다. 열매는 영글어야 쓸모가 있고 땅에 묻혀야 싹을 틔울 수 있다. 나무의 열매는 하나로 집중하지 못하고 도처에 분산되어 있는 것이 특징이다. 일순간 또는 특정한 사건에서 중심이 되는 지역은 열매와 같이 입체성을 가지고 얼마간 유기적 관계를 형성하기도 하지만 그것은 일과적인 일일뿐 지속성을 가지지 못한다.

3부가 열매의 표상을 지닌다는 것은 소설의 시공간이 여러 군데로 분산되고 사건들 또한 지엽적인 행동의 묘사에 그칠 뿐 아니라 그것이 문화적 유전자의 문제를 중요한 사안으로 삼게 만든다는 사실을 알려 준다. 1부와 2부에서 독자를 긴장시켰던 행동들이 잦아지고 말씀과 대화가 직접적 행동에 버금가는 유력한 행동수단이 되는 것이다. 3부에서 한일문화론을 비롯하여 다양한 지적 담론이나 대화가 번성하는 것은 이 정신적 유전자의 문제와 관련된다. 곧 한민족의 문화가 무엇이며 일본의 문화는 어떤 특성을 지니는지 직접적으로 논의될 뿐 아니라 전혀 연관이 없을 것 같은 문제에서도 민족과 문화의 근본적인 의의가 검토되는 것이다.

영글게 하여 거두는 운동성이라는 금의 특질은, 문화가 가져야 할 기본 자질을 규정하는 의미가 있다. 영글게 하여 거두지 못하면 문화는 쓸모없는 것이 될 뿐만 아니라 문화의 지위에도 오르지 못한다. 그렇기 때문에 3부 이후에 사람들 사이에 오가는 말씀과 대화, 느낌과 생각, 지적 담론은 행동의 역할을 대신하는 것으로서의 의의를 지니게끔 성격이 전환된다. 그 전환은 양의 질로의 변화로 파악할 수 있다. 말씀과 대화와 지적 담론의 양이 크게 증대함으로 말미암아 지금까지와는 전혀 다른 성질을 갖추게 된 것이다. 이러한 변화는 4부와 5부의 성격을 이해하는 데 관건이 된다. 1, 2부의 행동을 대신하는 것으로서 말씀과 대화와 영성, 지성, 문화론이 힘을 얻기 위해서는 그것들 모두가 하나로 통일되어야 하는데 그 통일의 여건이 3부에서부터 준비되어 가는 것이다.

이 점을 고려하여 1, 2부에서 말씀과 대화, 지적 담론이 어떤 위상을 지니고 있었는지 되돌아볼 필요가 있다. 1부에서 말씀과 대화는 긴박하게 전개되는 행동들에 가려 억눌려 있고 뚜렷한 방향성도 지니지 못한다. 2부에 이르면 말씀과 대화가, 권필웅과 같은 독립운동가들의 말에서 나타나듯이, 어느 정도 사건의 성격에 따라 방향성을 지니지만 행동을 대신할 수 있는 역량이나 비중을 갖지는 못한다. 이에 비해 3부에서 말씀과 대화는 행동이 지니는 역능에 비견될 수 있는 힘을 갖는다. 그러나 1, 2부에서 행동이 지배적인 힘을 지니고 현실의 변화에 작용하고 있었기 때문에 3부의 말씀과 대화는 그다지 관심의 대상으로 부상하지 못한다. 이와 같은 양태에 따라 4부와 5부에 이르면 행동이나 그로 인해 빚어지는 사건이 현저히 위축되는 데 비해 말씀과 대화, 느낌과 사유, 지적 담론과 같은 정신 활동 등은 점차 하나로 통합되는 양상을 드러내고 그에 따라 현실에 작용하는 현실적인 힘으로서의 성격을 획득한다.

4부와 5부는 오행에서 수水에 해당한다. 수는 저장하는 운동성이다. 3부에서 이루어진 영근 열매를 저장하는 일이 주요 특성인 셈이다. 이로 인해 4, 5부에 특징적으로 나타나는 말씀과 대화와 담론의 성격을 이해하는 일이 중요해진다. 쓸데없는 지껄임과 뇌까림으로 이해하면 5부의 마지막에 찾아올 것으로 예기되는 새로이 안정된 상황은 도래할 수 없다. 그 점에서 4부와 5부를 합쳐서도 보고 구별해서도 보는 일이 필요하다.

4부는 수많은 담론들이 분산되어 있는 상태로부터 점차 하나로 통일되어 가는 양상을 보여 준다. 일상의 생활에서 행해지는 대화든 문화와 사회에 대한 담론이든 4부의 말씀들은 처음에는 방향성을 가지지 못하지만 점차 민족 문제와 문화 문제로 초점이 좁혀져 간다. 그것은 의식 있는 지식인들의 담론에서만 이루어지는 일이 아니다. 먹고살기에 바쁜 민중의 신음 속에서도 그 소리가 들려오고 내일을 내다볼 수 없는 고통 속에서 허덕이는 아녀자의 말 속에서도 내뱉어진다. 이렇게 하여 4부의 말씀과 대화는 그 속에 씨앗과 같이 단단한 알맹이를 형성해 가게 되고 그것이 이심전심으로 나누는 대화 속에 보존된다.

이러한 상태는 5부에 이르면 새로운 단계로 변화할 조짐을 보이기 시작한다. 죽지 못해 사는 세월을 살면서 비탄하는 사람들의 목소리가 한가지 소리로 통일되어 힘을 발휘하고 마지막 발악을 하는 일제의 칼날과 채찍을 피해 대지에 몸을 숨기는 사람들이 늘어나게 되는 것이다. 이것은 씨앗을 땅에 묻어 발아를 기대하는 행위에 해당한다. 이제 새로운 날을 위해 씨앗의 싹을 내기 위한 행동이 시작되는 것이다. 이 단계에서 소목장 일을 예술로 승화시키는 조병수라든가 관음탱화를 조성하는 김길상의 활동, 해도사의 생명에 대한 발화 등은 중요한 의미를 지닌다. 그것들은 일제로부터 탄압을 받는 조선 민족의 정신적 대응을 보여 주는 상징적 의미가 있기 때문이다. 그 낱낱의 정신행위가 부지불식간에 합쳐지고 연결되어 통일성을 이루면서 세계를 바꾸는 힘으로 작용하게 되는 것이다. 개인적인 차원에서의 해한이라든가 삭임, 깨달음이 집단적인 문화적 유전자가 되기도 하고 삶의 방식이 되기도 하는 것이다. 그것은 한민족의 고유성을 이루는 정신세계에 해당한다.

이상에서 살폈듯이 『토지』의 1부에서 5부까지는 다섯 개의 패턴을 보여 준다. 각 부별로 나뉜 그 패턴은 작품의 세부 특성을 보여 주는 것이면서 작품의 전체상을 형성하는 데 기여한다. 먼저 각 부의 패턴은 거기에 깃들어 있는 운동성을 통해 포착되는 것으로 그 부에서 중요한 것이 무엇인지를 가르쳐 준다. 보이드는 패턴의 다층성을 말하면서 패턴에는 "대단히 안정적인 정보가 있는가 하면 개체의 기분, 행동, 의도에 관한 대단히 불안정한 정보도 있다. 패턴 인식은 움직이는 것과 움직이지 않는 것, 인간과 인간이 아닌 것을 구분해 주며, 특정한 개체, 특정한 태도와 표현을 식별할 수 있게 해 준다. 이렇게 개체만이 아니라 개체의 행동, 성격, 힘의 내밀한 성향을 특정화하는 능력은 정확한 예측을 위해 매우 귀중하다"고 설명하고 있다.

1부는 솟구침의 운동성이다. 이 솟구침의 운동이 1부에 깃들이게 되는 원인을 생각하면 이 부분에서 억압, 긴장, 반발이 극도로 높은 단계에서 진행되고 있음을 주목할 수 있다. 최서희가 아버지의 무서운 기세에 눌려 헛구역질을 하고 딸꾹질을 하는 것이 첫 번째 장면이라면 그 뒤에 이어지는 하인들의 추적, 별당아씨와 구천이의 탈주, 최치수의 추적 역시 긴장을 불러일으키는 요인이다. 이러한 상태는 그 뒤에도 이어지는데 이용에 대한 강청댁의 투기와 강짜, 조준구의 살인교사, 귀녀의 앙심 등은 1부 전체를 관통하면서 전체적인 분위기를 조성한다. 이에 대해 최서희의 반발과 농민들의 봉기, 평사리 사람들의 집단탈출 등은 1부의 솟구침의 운동이 무엇을 의미하는지 짐작할 수 있게 해 준다.

2부는 펼쳐지는 운동성이다. 평사리에서 북간도까지 도망쳐 온 평사리 사람들은 최서희의 주위에도 머물지 못하고 북만주, 시베리아 등지로 흩어져 간다. 또한 한말, 한일합병 시기에 온 사람들은 각자의 사정에 따라 중국, 연해주, 북간도 등지로 옮겨 가며 삶을 영위한다. 그들은 국제 정세에 따라 움직이기도 하지만 독립운동을 하기 위해, 살길을 찾아 이합집산하며, 일부는 일제의 앞잡이가 되어 움직인다. 이와 같은 사람들의 여러 움직임은 기본적으로 소설의 무대를 확장하는 역할을 한다. 평사리로부터 북간도, 서울, 북만주, 신경 등지로 공간이 확장되고 그렇게 확산되어 가는 까닭에 사람들의 관계는 유기성을 잃는다. 그렇지만 그 확장의 운동 속에 원점으로 회귀하려는 움직임이 싹튼다. 2부가 원심력과 구심력이라는 상충되는 운동의 성향을 지니게 되는 것은 그 움직임에 말미암는다.

3부는 2부의 공간 확장의 토대 위에서 그 운동이 펼쳐진다. 동아시아 전역에 흩어져 있는 사람들을 단속적으로 보여 줌으로써 사건을 서술하기 때문에 행동이 사람들 사이의 긴밀한 연관관계를 보여 주지 못하고 삽화처럼 분산된다. 3부의 표상이 열매로 되는 것은 그 분산운동과 내적 성숙의 지향에 말미암는다. 사람들은 여러 곳에 흩어져 살고 등장인물들의 관계는 긴밀하지 못하다. 자연히 여행자의 움직임이나 입에서 입으로 전해지는 소문이나 전언에 의해 사람들의 동향이 보고되는 경우가 많고 그마저도 짧게 끊어지는 형태가 된다.

그렇지만 3부는 소설 전체의 구성에서 서술 방식이 바뀌는 지점을 나타낸다. 이제까지 외적 행동의 서술이 중심이 되고 그에 따라 플롯의 통일이 기본 서사원리로 작용하던 데서 인물들 개개인의 내적 성숙과 그 정신의 표현이 주도적인 원리로 등장하기 때문에 관심의 통일이 점차 지배적인 역할을 수행하게 되는 것이다. 3부의 표상인 열매는 그것이 지닌 특성으로 인해 분산된 개체들의 내적 성숙과 독립을 뒷받침해 준다. 낱낱의 인물들이나 사건들, 장소들이 각자의 독자성을 유지한 채 내면적으로 전체의 움직임에 조응하는 형태를 갖춤으로써 서사원리의 교체를 불가피하게 만든다.

4부와 5부는 사건에 얽힌 사람들의 행동보다도 말씀과 대화와 담론, 정신 활동이 주도적인 지위를 갖는 서술 형태이다. 1부에 등장했던 많은 사람들이 죽거나 늙어서 세대 교체가 일어나고, 그로 인해 소설 전체에 영향을 끼칠 만한 사건이나 행동이 잦아들기 때문에 작품은 적멸의 분위기를 자아낸다. 이따금씩 일어나는 사건들도 막간의 공백을 메우는 형식이고 말씀이나 대화도 정지 상태에서 교환되는 우발적인 담화로 처리된다.

다만 이러한 외면적인 상황 속에서도 통일의 기운이 내면적으로 증대되어 가는 상태는 주목을 요한다. 인과적 연관관계에서 벗어나 일어나는 단발적인 사건들, 삶의 고통을 표현하는 신음소리와 말씀들, 현재의 조건을 넘어서고자 하는 높은 정신적 지향들은 누구도 의식하지 않은 상태에서 하나의 힘으로 뭉쳐지고 그 힘은 숨조차 쉬기 어려운 미미한 존재들의 움직임, 말씀, 대화, 지적 담론을 거대한 역사의 변혁을 이끄는 힘으로 바꾸어 놓는다. 이 일은 행동의 통일과 관심의 통일이 들고 나는 속에서 이루어진다. 역사적 기념물로서 해방이란 사건을 사용한 아이티온의 기법은 행동의 통일과 관심의 통일이란 두 가지 통일성이 소설 속에서 조화로운 관계로 결합하였음을 말해 준다.

이와 같이 『토지』의 각 부는 제각기 성격이 다른 패턴을 지니고 있다. 보이드의 말대로 패턴 인식이 "자료를 쉽게 걸러 거의 동시적으로 내게 중요한 형상으로 만들어 준다"고 본다면 『토지』의 각 부에 나타난 패턴들은 작품의 전체상을 만드는 데 어떤 기여를 하는가. 여기서 우리는 각 부의 패턴들이 운동성에 따라 만들어진 것이고 그것들은 고립된 것이 아니라 서로 연관된 것임을 상기할 필요가 있다. 곧 필자가 작품 읽기의 방법으로 제시한 집중, 다시 읽기, 운동에 주목하는 방법을 다섯 개의 패턴에 적용하여 생각해 볼 필요가 있다.

다섯 개의 패턴은 그 자체로 완성된 것이 아니고 운동 속에서 다른 운동과 연결되고 있다. 따라서 다섯 개의 패턴을 분리시키지 않고 연속적으로 통일하는 일이 필요하다. 그

일의 핵심은 패턴을 만들어 낸 운동에 주목하면서 전체를 통람하는 작업이다. 그 작업은 움직이는 대상을 촬영한 영화 필름의 컷들 전체를 한데 포개어 놓고 한꺼번에 투시하는 방식으로 행해져야 한다. 다섯 개의 패턴이 시간의 흐름에 따라 모양을 바꾸어 가는 속에 이미지들의 외곽선이 흐려지고 바뀌면서 새로운 동적 이미지로 형성되는 모습을 지켜보아야 하는 것이다. 그러면 그 작업은 어떤 결과를 가져오는가.

맨 먼저 포착이 되는 것은 1부가 엄청난 억압의 기운과 그로부터 벗어나려는 힘의 대결로 이루어져 있다는 사실이다. 아버지의 기에 눌려 딸아이가 헛구역질을 하고 딸꾹질을 한다는 설정은 거기에 특별한 의미를 부여하지 않는다면 쉽게 상상하기 어려운 사건이다. 그런데 1부는 그 억압의 기운과 그로부터 벗어나려는 힘의 대결을 지속적으로 보여 준다. 그러다가 1부 마지막에 이르러 드디어 많은 사람이 폐쇄된 세계에서 집단으로 탈출하는 모습이 형상화된다. 이러한 양상은 물리학에서 말하는 빅뱅의 이론을 알고 있는 사람에게는 매우 익숙한 풍경이다. 태초에 우주는 특이점에 이르러 무한질량에서 나오는 중력의 힘을 이기지 못하여 부글부글 끓다가 마침내 대폭발을 한다. 그러나 대폭발에서 나온 빛과 에너지는 곧바로 밖으로 빠져나오지 못한다. 빅뱅에서 비롯된 원심력과, 중력의 작용에 의한 구심력이 상호작용하고 있기 때문이다. 그리하여 대폭발에서 나온 빛과 에너지는 30만 광년이 지난 다음에야 비로소 밖으로 탈출하여 원심력과 구심력이 겯고트는 태초의 우주를 만들어 낸다. 이 이야기는 스티븐 호킹의 『시간의 역사』 속에 자세하게 서술되어 있다. 이 빅뱅의 이론에 착안하면 『토지』의 패턴들이 무엇을 뜻하며 작품의 구조는 어떻게 되어 있는지 쉽게 파악된다.

2부는 인플레이션 이론으로 설명을 대신할 수 있다. 빅뱅이 있은 직후 어느 시점에서 우주는 엄청난 크기로 순식간에 확대된다. 그 이후 우주의 확대는 인플레이션의 상태를 벗어나 정상 속도로 돌아간다. 『토지』가 1부의 마지막에서 이루어진 집단탈출로 평사리란 폐쇄된 공간에서 북간도로 대표되는 넓고 개방된 공간으로 무대를 넓힌 것은 이 인플레이션과 동일한 패턴이라고 할 수 있다. 북만주, 시베리아, 중국으로 무대를 넓혀 가는 동시에 고향으로 회귀하고자 하는 운동이 지속되는 것은 빅뱅 이후 원심력과 구심력이 상호작용하는 속에서 서서히 선회하는 우주의 모습과 일치한다. 이 운동에서 안드로메다 성운이라든지 큰곰자리 소우주, 은하계, 블랙홀이 만들어지는 것은 『토지』의 무대가 평사리, 서울, 북간도, 진주, 신경 등지로 나누어지는 것과 같은 모습이다.

3부는 우주가 항성과 행성 등을 만들어 내면서 천천히 선회하는 형태와 같은 모습이라고 할 수 있다. 선회의 운동은 지속되지만 그 힘과 속도는 현저히 줄어들어 있는 모습으로서 소설이 이곳저곳에 분산되어 있는 무대를 중심으로 사건을 전개하고 있는 양태와 흡사하다. 4부와 5부는 무수히 많은 별들이 반짝이는 푸르른 밤하늘의 모습과 닮아 있다. 거기에서 별들은 거의 정지된 모습으로 매우 미약한 운동만을 보여 준다. 『토지』의 4, 5부에서 등장인물들이 푸르른 하늘을 배경으로 자그마한 별들처럼 깜박거리는 모습은 운동이 거의 정지 상태에 들어간 것과 관련되는 사항이라고 할 수 있다. 깜박거리는 듯이 보이는 별들은 일제 말기의 엄혹한 시절을 살아가면서 해한과 삭임, 정신적 성숙을 이루어 내는 조선 민족의 구성원들 하나하나를 나타내는 것이라고 볼 수 있다. 그 미미한 존재들이 결코 하찮은 존재가 아니라는 것은 그 정지 상태에서 문득 데우스 엑스 마키나가 출현하는 데서 알 수 있다. 그것은 신적 존재의 등장에 해당하는 해방이라는 역사적 기념물의 도래이기 때문이다. 그 기념물은 데우스 엑스 마키나의 수법을 차용한 것이기는 하되 해방이 역사적 실재이기 때문에 그것의 현존을 아무도 부정할 수 없는 아이티온 기법의 산물이다. 그리고 그것이 장장 60년을 끌어온 『토지』의 대단원이다.

이상에서 살펴본 것처럼 『토지』의 각 부는 나름의 패턴을 가지고 있다. 패턴은 산만한 자료를 걸러서 유의미한 형상으로 만들어 준다. 그러므로 각 부의 패턴은 무질서하게 흩어져 있는 자료들을 질서 잡아 그 부의 전체 구조를 조직하는 역할을 한다. 이것은 통상 작품의 패턴이 수행하는 작업이다. 그런데 『토지』에는 다섯 개의 부가 있고 그 부들은 서로 다른 패턴을 갖추고 있다. 그렇다면 『토지』의 전체 구조를 이해하기 위해서는 각 부의 패턴들을 서로 연결시켜서 그것들이 어떤 유의미한 형상을 만들어 내는지 파악하는 일이 요구된다. 이 작업을 위해서는 작품의 질서에 따라 1부의 패턴으로부터 5부의 패턴까지 관통해서 보는 방법이 유효하다. 그 작업을 통해서 보인 『토지』의 형상은 무엇인가. 작품의 각 부가 지닌 패턴을 설명하기 위해 물리학에 관한 지식을 이용했으므로 『토지』 전체의 형상을 생각하는 데도 그 지식을 참조하는 것이 편리하다.

무한질량의 중력을 이기지 못해 부글부글 끓는 태초의 우주. 빅뱅을 일으켰으나 중력의 힘을 이기지 못해 30만 광년 동안 갇혀 있었던 빛과 에너지가 마침내 밖으로 탈출하는 황홀한 장경. 그리하여 순간적으로 엄청난 크기로 확대되는 우주. 원심력과 구심력의 상호작용에 의해 나선상으로 회전하는 운동 속에서 온 우주에 흩뿌려지는 성운들과 은하계, 블랙홀. 그 운동이 지속되면서 우주에 새로 생겨난 항성과 행성과 우주먼지들. 그리고 운동이 잦아들면서 푸르른 밤하늘의 별들처럼 한자리에서 깜박거리기만 하는 듯이 보이는 존재들. 이 연속적인 운동을 하나로 합쳐서 전체의 형상을 환기하면 『토지』의 모습이 된다. 그것은 우주 역사를 하나의 화면에 그린 장엄상이고 그 어디에도 비길 수 없는 역동적인 우주화이다. 작품을 이렇게 파악하면 독자는 유례를 찾을 수 없는 숭고의 감정을 가지고 저절로 경탄하게 된다. 그것은 작품의 신비다.

그러나 이렇게 작품을 읽는 것이 가능한 것이고 올바른 것인가. 이 질문을 던지는 것은 필자가 읽기 방법으로 제시한 집중, 다시 읽기, 운동에 주목하는 세 가지 방법에 충실했는가를 묻기 위해서이다. 필자가 『토지』를 읽은 방법은 앞에서 설명한 방식과는 전혀 다른 것이었기 때문이다. 그러므로 필자가 읽은 방법이 무엇인지 설명하는 일이 필요하고 왜 처음부터 그 방법에 관해 이야기하지 않았는지 해명하는 과정이 있어야 하는 것이다. 이 일을 위해서는 『토지』를 읽고 그 신비를 처음 체험하던 순간으로 돌아가 이야기를 풀어 가는 것이 편리해 보인다.

필자가 『토지』를 완독한 것은 1996년 4월이다. 학회에서 박경리 특집을 하기로 되어 있었고 그 가운데 한 꼭지를 필자가 담당했다. 이런저런 일로 바빴기 때문에 마감이 임박해서야 부리나케 작품을 읽었다. 논문을 써야 하는 독서이니만큼 허투루 읽을 수는 없었고 나름대로 호감을 가진 작품이었기에 진지한 태도로 임했다. 그러나 작품을 다 읽고 나서도 어떤 논문을 써야 할지 막연했다. 미리 주제가 정해진 논문이 아니었기에 내가 쓰고 싶은 것을 마음대로 골라 쓸 수 있는 조건이었지만 작가가 왜 이런 작품을 지었는지 파악할 수 없는 상태에서 논문에 착수할 수는 없었다. 낮에는 학교 일로 바빴기 때문에 생각은 집에 돌아와 잠자리에 든 다음에야 가능했다.

처음에는 이 생각 저 생각으로 부질없이 시간을 보냈지만 마감 날이 바짝 다가오고 있는 상황에서는 급히 서둘러야 했다. 그래서 아예 작품을 처음부터 차례차례 되짚어 보자는 생각을 하게 되었다. 이때 도움이 된 것이 컴퓨터 게임 「삼국지Ⅱ」에 빠져서 밤을 새웠던 체험이었다. 괴로운 심정을 잊고자 게임을 시작했던 것인데 재미에 빠져 며칠씩 밤을 새우곤 했다. 자연히 아내의 불만이 터져 나왔고 할 수 없이 잠자리에 들어야 했다. 하지만 잠자리에 들어서 잠을 청해도 머리에서는 끊임없이 「삼국지Ⅱ」가 돌아갔다. 천하통일을 위해 전투를 벌이길 수십, 수백 차례. 수비군은

10만이 상한이었고 공격군은 5만이 상한이었다. 승리를 얻어 내기 위해서는 성을 지키는 10만 군대를 마구잡이로 공격할 수는 없었다. 대장이 수비군대를 끌어내어 다른 쪽으로 유인하는 동안에 나머지 4만 군대가 성을 집중적으로 공격하는 방법을 사용해야 했다. 자연히 공격하는 지역의 지리를 정확하게 파악하는 일이 요구되었고 상대의 약점이 무엇인지도 눈치채서 잘 이용해야 했다. 이렇게 군대를 이끌고 각 지역을 돌아다니다 보니 나중에는 중국의 전체 지리가 한눈에 파악되었고 어떤 곳에서는 과거의 기억이 새로워지는 일을 겪기도 했다.

이와 같이 군대를 이끌고 중국 천하를 여기저기 돌아다니던 체험은 나도 모르게 『토지』에서 일어나는 사건들을 운동을 중심으로 하나씩 생각하는 방식에 적용되었다. 구천이가 지리산에 가고 그 뒤를 하인들이 뒤쫓고, 별당아씨와 구천이가 지리산으로 도망가고 그 뒤를 최치수와 강 포수가 뒤쫓고, 이용이 칠성이와 함께 하동에 가고 돌아오고, 월선이가 평사리에 다녀가고 강청댁이 하동에 가고, 농민들이 봉기를 하고 북간도에 다녀온 월선이가 다시 북간도에 가고. 이처럼 하나하나의 움직임을 추적하다 보니 처음에는 행동의 주체가 명확했지만, 그 일이 수없이 반복되다 보니 나중에는 사람은 없어지고 운동의 궤적만 남았다. 운동의 속도가 빨라지면 운동하는 물체는 사라지고 선분만 남는다는 말이 꼭 맞았다. 독자들 가운데 작품을 읽은 사람은 이 방법을 직접 실행해 보면 얼마 되지 않아 운동의 궤적이 선분을 그리고 그 선분을 그리는 속도가 더욱 빨라지면 선분이 빛으로 바뀌는 것을 체험할 수 있을 것이다. 이것이 운동을 중심으로 작품을 읽는 첫걸음이다.

그러나 여기서 멈춰서는 안 된다. 필자는 물체가 없어지고 선분이 생기고, 선분이 빨라지는 운동의 속도에 따라 빛으로 바뀌는 뜻밖의 사태를 지켜보면서도 계속 생각했다. 소설에 제시된 순서대로 사건들 하나하나를 떠올리고 거기에서 일어나는 운동을 뒤쫓는 일이 몇 시간씩 지속되었다. 이렇게 잠자리에 누워서 작품에 나오는 사건들과 운동들을 생각하기 시작한 지 나흘째 되던 날이다. 무엇을 생각한다는 의식도 없이 『토지』의 사건들과 움직임들을 떠올리는 작업을 계속했는데 어느 순간 빛들이 난무하는 속에서

희끄무레한 연기 같은 것이 피어오르는 모습이 보였다. 필자는 이것이 뭐지, 왜 이렇지 하는 의문을 가지면서도 눈을 감은 채 작품의 사건들과 움직임을 뒤쫓는 데 집중했다.

그렇게 얼마 동안 시간이 흘렀다. 움직임이 선분으로 바뀌고 선분이 빛으로 바뀌며 그 빛들이 뭉쳐서 희끄무레한 연기 뭉텅이로 바뀌는 모습을 계속 추적했는데, 어느 순간 그 연기 같은 것들이 큰 뭉텅이가 되더니 밀도가 높아지면서 압축되기 시작했다. 이제 엄청난 크기로 확장되고 높은 밀도를 갖게 된 연기 덩어리는 거대한 먹구름처럼 온 하늘을 뒤덮으며 비잉 돌았고 그 선회 속에서 나를 짓누르듯 억압하던 그 힘은 마침내 대폭발을 일으켰다. 그 폭발은 그동안 안으로 억누르던 힘이 컸던 만큼 압력이 컸고 선풍을 일으키듯 선회를 하기 시작했다. 필자는 여전히 눈을 감은 채 그 경과를 지켜보았다. 연기 덩어리는 이제 이 세상 어디에서도 찾아볼 수 없으리만큼 크고 뜨겁고 빨간 화염 덩어리로 변하면서 선회를 계속했고 그 회전은 우주의 넓은 공간으로 흩어져 가면서 곳곳에 성운과 은하계와 블랙홀을 만들어 내었다. 그리고 많은 시간이 지나자 우주에는 숱하게 많은 별들이 자리 잡고 반짝거리기 시작했다. 이제 우주는 푸르른 밤하늘이 되었으며 거기에서는 셀 수 없이 많은 작은 별들이 깜박거리며 빛을 내고 있었다.

이렇게 우주 대폭발의 장엄한 스펙터클을 본 뒤『토지』는 필자에게 한눈에 요연해졌다. 그 대폭발의 힘과 운동은 작품 1부를 빅뱅의 사건으로 파악할 수 있게 해 주었고 2부를 인플레이션 과정으로, 3부를 군데군데 중심이 있는 과일의 형상으로 볼 수 있게 해 주었다. 이와 같은 전체 형상은 작품의 4, 5부를 모든 운동이 소멸된 듯 적멸의 모습으로, 조그만 별들이 하늘의 붙박인 듯 제자리에서 깜박이며 반짝이는 푸르른 밤하늘의 모습으로 빚어내었다. 이 푸르른 밤하늘은『토지』의 외면적 형상이었다. 그 바깥에서 저 안을, 태초의 순간을 깊숙이 생각하면 빅뱅으로부터 전개된 우주 역사가 펼쳐졌다. 결국『토지』의 모든 운동들은 빛으로 변환되었고 운동의 힘과 세기에 따라 각 국면마다 서로 다른 형상을 빚어내었다. 이렇게 운동과 운동하는 물체들이 그려 내는 선분, 운동의 속도, 운동의 힘은 이전엔 전혀 상상할 수조차 없었던 거룩한 형상을 빚어내었다. 이 과정에서 작품의 통일성은 당연한 것이었고 형상이 지닌 힘과 속도는 독자가 가지는 느낌의 성질과 분위기, 정조를 결정하는 요인이었다.

이렇게 한번 작품의 전체상을 보고 나니 소설의 진행이 음양오행의 상생 순서와 일치한다거나 각 부의 패턴이 서로 다른 형태를 지니고 있다는 사실은 저절로 요해가 되었다. 작품을 읽은 뒤 『토지를 읽는다』라는 책을 4개월 만에 써낼 수 있었던 것은 전적으로 이 운동에 주목하라는 읽기 방법의 선물이었다. 필자는 뒷날에 이 읽기 방법을 적용하여 대표적인 친일문학작품으로 비판받는 채만식의 『여인전기』가 더러운 조개껍데기를 둘러쓰고 영롱한 진주의 빛을 내뿜는 최고의 항일작품임을 규명할 수 있었다. 『여인전기』라는 작품이 주인공의 움직임을 통해 찬연한 진주의 형상을 빚어내고 거기에다가 더러운 조개껍데기를 소품으로 배치해서 대조의 효과를 극대화하는 작품이라는 것은 독서 이전에는 상상도 할 수 없었던 일이다. 그러나 움직임을 통해 진주의 형상을 한번 보고 나니까 작가가 왜 주인공의 이름을 '숙희'에서 '진주'로 바꾸었으며 소설이 왜 열세 장으로 나뉘었는지, 소설을 몽유록과 같이 겉과 안이 구분되는 구조로 만든 까닭은 무엇인지 저절로 깨우칠 수 있었다.

『여인전기』만이 아니었다. 조세희의 『난장이가 쏘아올린 작은 공』을 읽고는 드라큘라와 프랑켄슈타인이 한꺼번에 나에게 달려드는 악몽과 같은 순간을 체험했으며 채만식의 『탁류』의 주인공이 초봉이가 아니라 정주사가 되는 이유를 어렵지 않게 파악할 수 있었다. 그 작품이 분신의 기법을 쓰고 있을 뿐 아니라 알레고리 작품이란 것도 단번에 알아챌 수 있었다. 많은 문학 연구자와 평론가들이 수십 년 동안 미처 깨닫지 못한 사실이 독서를 마치는 순간 즉각적으로 파악되었던 셈이다. 『토지』에서도 마찬가지였다. 소설의 구조가 오행의 상생 순서와 일치한다거나 억압을 다룬 작품이라는 것, 소설이 긴장-이완의 구조를 지니고 있고 행동의 통일과 관심의 통일이 결합된 통일구조를 가진 작품이라는 것은 길게 생각할 필요도 없이 저절로 파악되었다. 또한 1, 2부의 행동들은 4, 5부로 인해 더욱 큰 힘을 지니게 되었고 4, 5부의 말씀과 대화는 1, 2부의 억압효과를 통해 더욱 깊은 정신성을 획득하게 된다는 것도 금세 파악이 가능했다. 그렇지만 작품의 전체 구조에 대한 인식은 분석과 종합의 방법으로 얻어진 것이 아니라 전체상의 파지를 통해 일시에 획득된 것이고 그에 대한 구조 설명은 추후에 이루어진 것이다.

작품 읽기를 목표로 하면서 작품의 분석보다도 사건 내용이나 모티브 등의 설명을 앞세운 것은 그러한 세부의 파악이 작품 속의 운동을 포착하는 데 도움이 된다는 입장에서 취해진 조처일 뿐 작품의 신비는 한눈에 포착이 되었다. 운동에 주목하는 일을 작품을 읽는 방법으로 그토록 강조하는 데는 이러한 사연이 놓여 있었다. 작품에 대한 필자의 설명을 들으면 먼저 1부의 구조부터 5부의 구조까지 분석을 한 다음 그것을 통일하여 작품의 전체상을 포착한 것처럼 느낄 수 있으나 실제는 정반대였던 것이다. 먼저 전체상을 본 후에, 즉 필자의 용어로는 상象을 얻은 다음에 각 부분에 대하여 곰곰이 생각해 보니 그것이 오행의 구조를 가졌음이 파악이 되었던 것이지 그 반대 순서가 아니었던 것이다.

9장
소설 속의 인물과 주제사상

『토지』는 그 기원에서부터 삶과 죽음이라는 문제를 강하게 의식하고 있는 작품이다. 누렇게 벼가 익어 가는 황금벌판의 이미지와 호열자가 휩쓸고 가 집집마다 주검이 즐비한 마을의 풍경은 삶과 죽음을 극명하게 대조시키는 데 부족함이 없다. 그 강렬한 이미지의 대립이 작가의 창작의욕을 더욱 치열하게 불타오르게 만들었으리라는 것은 누누이 설명하지 않아도 충분히 알 수 있는 일이다. 텔레비전 연속 드라마 〈토지〉를 보던 한 아이가 사람이 죽었다는 어른들의 말을 듣고 "또 죽어?"라고 물었다는 이야기는 유명한 일화다. 도처에서 사람이 죽어 나자빠져 가고 있으니 어린이의 눈에 낯설게 느껴졌으리라는 것은 물어보지 않아도 넉넉히 짐작할 수 있는 일이다.

그렇지만 많은 죽음이 등장한다고 해서 작가의 주제의식이 성공적으로 형상화되었다고는 말할 수 없을 것이다. 그 일을 위해선 자연히 삶과 죽음이란 가장 보편적인 제재를 통해서 작가가 추구한 것은 무엇이었으며 그 성과는 어떤 것이었는가를 묻지 않을 수 없다. 이 문제를 성찰하는데 세계문학의 고전들은 좋은 범례가 되어 준다. 삶과 죽음의 형상화를 통해서 그들이 궁극적으로 추구한 것은 무엇이며, 그것은 지금 이 시대의 문제의식과, 또 소설『토지』와 어떻게 같고 다른가를 비교할 수 있게 해 주기 때문이다. 여기서 죽음을 다룬 세계문학의 고전들을 문명권에 따라 범례적으로 다루고 그것이『토지』의 인물 형상화와 어떻게 관련되는지 간략하게 살펴보려고 하는 것은 작품의 주제사상을 성찰하기 위한 작업의 일환이다.

인류 역사에서 가장 오래된 서사시로 알려져 있는「길가메시 서사시」는 처음에 무훈시였다. 주인공의 영웅적인 공적을 기리는 데 일차적인 관심이 있었던 이 무훈시는 당시의 최고 지식인이었던 구마사제 신-레케-우닌니에 의해 원래 이야기에다 대홍수 이야기가 덧붙여짐으로써 어떻게 살아야 하는가 하는 문제를 추구하는 서사시로 개작이 된다. 주인공은 절친한 친구의 죽음을 애통해하면서 신들이 사는 곳으로 여행을 하여 대홍수에서 살아남아 영원한 생명을 보장받은 우트나피시팀을 만나 "왜 인간은 죽어야 하는가" 하는 질문을 던지는데 그에 대한 대답은 재물을 버리고 영혼을 구하라는 것이었다. 질문과 대답이 서로 엇나가는 것 같지만 그 사이에는 인간이 신에게 순종해야 한다는 전제가 가로놓여 있다. 신에게 순종해야 영원한 삶을 살 수 있고 순종하기 위해서는 이 세상의 재물을 버리고 영혼을 구하는 일이 필요하다는 취지다.

「길가메시 서사시」 다음에 어떻게 살아야 하는가 하는 문제를 깊이 있게 추구한 문학작품으로는 호메로스의 「일리아스」를 손꼽을 수 있다. 이 역시 영웅의 공훈을 기리는 무훈시의 일종이라고 할 수 있지만 맨 끝 24장에서 헥토르의 장례를 다룸으로써 「일리아스」는 삶과 죽음의 관계를 다룬 작품으로 바뀌었다. 반인반신적인 존재인 아킬레우스를 등장시키는 이 작품에서도 생명의 보존에 일차적 의의를 두는 것과 그 차원을 넘어서 인간적 욕구를 실현하는 문제는 중심적인 주제이다. 아킬레우스는 자신을 찾아와 헥토르의 시신을 돌려주기를 요청하는 트로이의 프리아모스왕을 붙잡아 처형하는 대신에 그에게 헥토르의 시신을 돌려줌으로써 인간적 유대의식을 보여 준다. 그는 프리아모스왕과의 대면을 통해 머지않아 죽음을 맞아야 할 자기 자신에 대한 분명한 인식을 가지게 되었고 그 자기의식과 프리아모스왕에 대한 연민을 통해 죽음의 순간 이전에 자신의 정체성을 깨닫는 최초의 인물이 된다. 그에게서 죽음은 생의 마지막에 있는 것이 아니라 삶의 한가운데 들어와 그 방향을 좌우하고 지평을 바꾸는 역할을 하는 것이다. 생명사상의 단초를 보여 준다고 할 수 있는 그 변화를 필자는 다음과 같이 요약한 바 있다.

"아킬레우스는 약속에 따라 전쟁에 참가하기로 결정한 순간부터 죽음의 가능성에 발을 들여놓은 다음 차례로 브리세이스를 포기하고, 파트로클로스를 포기하며, 자기의 생명을 포기한다. 마지막으로 프리아모스왕을 일으켜 헥토르의 시체를 포기했을 때 그는 자신의 삶을 채워온 손실과 수치와 고통에 대해 승리한 것이다. 이 승리는 자기통제의 힘에 의한 것으로 그는 인간적 유대라는 새로운 윤리적 지평을 열고 있다. 이것은 모든 것을 알았던 인물로 소개되는 길가메시의 지혜보다 한 단계 더 높아진 차원이다. 죽음을 통해 획득한 자기인식이 삶의 지평을 바꾸었기 때문이다."[12]

인도의 「마하바라타」는 「길가메시 서사시」나 「일리아스」에 비해 수백 년 또는 천여 년 늦게 정착이 된다. 이 서사시 단계에 오면 삶과 죽음에 관한 담론에는 베다, 우파니샤드, 불교 등 여러 사상 종파의 영향이 작용한다. 또 그곳에는 죽음의 고통에서 벗어나는 것을 인생의 목적으로 삼는 문화적 전통도 있었기 때문에 삶과 죽음의 관계에 대한 인식이나 대응도 다채로운 형태를 띤다. 서사시에서 가장 중요

---

12 최유찬, 『세계의 서사문학과 토지』, 서정시학, 2008, 86-87쪽.

한 대목으로 일컬어지는 장면에서 크리슈나신이 아르쥬나에게 행동을 촉구하는 것도 개인의 명예나 본인에게 돌아올 이익을 위해서가 아니다. 크리슈나에게 삶의 목적은 자신의 의무를 수행하는 것과 깨달음을 얻는 것 두 가지이다. 그런데 아르쥬나는 자신의 무사로서의 의무, 자신의 다르마를 잊어버리고 있다. 이러한 관점에서 크리슈나는 단순히 그에게 부여된 정의의 법을 지키기 위한 행동, 카르마를 수행하라고 요구할 뿐이다. 이 행위는 의지적인 준비, 행위 그 자체, 행위의 결과란 세 가지로 구성되는 것으로서 결과에 연연하지 않고 지혜와 평정한 의식으로 수행되어야 한다. 「마하바라타」가 전래의 제사祭祀보다도 인간의 영혼, 영성을 중시하는 방법을 구원의 길로 제시하는 것은 그와 관련된다.

중국이나 동아시아의 문화 전통에서 죽음의 문제가 표면으로 떠오르는 일은 많지 않다. 그것은 괴력난신怪力亂神에 대해서는 말하지 않는다는 전통이 은연중 작용했기 때문이라고 할 수 있을지 모른다. 그러나 이 지역에서도 조상이나 신들에게 제사 지내는 의례는 엄숙하게 진행되었고 사람들의 의식 속에서도 큰 비중을 차지하고 있다. 그러한 태도와 의식은 사람들의 일상적인 생활이나 심신수련에도 반영되었다. 그와 같은 관습과 문화 전통의 형성은 여러 원천을 가진다고 할 수도 있지만 그 전형적인 사례는 원형유학이라고 평가되는 『서경』에서 찾아볼 수 있다. 유학의 심법을 전하고 있다고 일컬어지는 이 책에 대해서 권근은 다음과 같이 말하고 있다.

"『서경』은 요·순 두 제왕과 우·탕·문왕 세 임금의 마음이 담겨 있는 글이다. 그 마음을 구하면 하나로 흠欽일 뿐이다. 마음은 스스로 전체全體와 대용大用을 갖추고 있다. 그러므로 『서경』에도 전체와 대용이 있으니 흠欽이 전체요 중中이 그 대용이다. 요·순의 선양과 탕·무의 정벌은 어느 것인들 중中이 아닌 것이 없고, 어느 것인들 흠欽의 발로가 아닌 것이 없다. 그러므로 『서경』 전체가 여기에서 벗어나지 않는다."[13]

---

13 권근, 『삼경천견록』, 이광호 옮김, 청명문화재단, 1999, 40쪽.

흠欽은 요의 공덕으로 일컬어지는 '흠명문사안안欽明文思安安' 가운데 첫 번째로 손꼽히는 사항이다. 행위의 신실함과 행위의 명철함을 나타내는 흠명欽明에서도 첫자리에 놓이는 데서 알 수 있듯이 그것은 마음의 근본바탕을 이루는 것으로 간주된다. 제사에서 조상의 혼령이 있든 없든 후손의 정성이 문제 되듯이 성경誠敬으로도 통용되는 흠의 개념은 "기본적으로 세계에 대한 신뢰에 기초하고 있"고 "우주만물의 생성변화에 대한 긍정이자 그 과정 자체를 지속시키는 것을 선한 것으로 보는 인식의 소산"으로서 "생명과 그것을 낳은 근원에 대한 경건한 자세를 요청"한다. 그 경건한 자세를 갖춘 사람은 "죽음을 대상으로서 이야기하지 않고 주야의 법칙과 같은 운명으로 인수하고 생에 충실"하지 않을 수 없다.

이상에서 살펴본 세계 4대 문명권의 작품에 나타난 삶과 죽음에 대한 인식은 서로 통하기도 하고 색다른 특성을 가지고 있기도 하다. 『토지』의 인물을 살피기에 앞서 삶과 죽음에 관해 깊은 성찰을 보여 준 세계문학의 고전 몇 작품을 돌아본 것은 박경리의 소설과 견주어 볼 수 있는 비교 대상을 확보하기 위해서이다. 600-700명이나 되는 『토지』의 인물들이 보여 주는 특성을 효과적으로 구분 짓기 위해서는 비교가 될 범례가 필요하기 때문이다.

　박경리 작가는 사석에서 악인은 형상화하기 쉬운데 아름다운 사람을 그리는 일은 매우 어렵더라는 말을 한 적이 있다. 이 말은 작가의 창작 체험에 근거하는 만큼 신빙성이 있고 많은 작품을 구체적으로 살펴보아도 충분히 납득할 만하다. 그러나 박경리의 『토지』에는 세계의 어떤 작품에서도 유례를 찾을 수 없으리만큼 많은 아름다운 사람이 등장한다. 그들은 동일한 표준에 의해서 아름답다기보다 제 나름의 특색을 이루면서 아름답다.

　물론 악인들 또한 부지기수다. 그 대표적인 사람으로는 조준구, 김두수, 김평산, 임이네, 귀녀 등을 들 수 있다. 그 순서를 굳이 꼽자면 조준구가 악인의 으뜸일 것이다. 그는 자신의 욕심을 채우기 위해 수시로 다른 사람을 죽음으로 내몰았고 자기밖에는 아무도 사랑하지 않았다. 하나밖에 없는 아들에게까지도 죽는 순간까지 발악을 하며 악행을 일삼았다는 점에서 그는 타의 추종을 불허하는 악인이다. 두 번째 악당은 일제의 밀정 김두수다. 수많은 독립투사를 사지로 몰았다는 점에서 수위를 다투는 악당이지만 그는 조준구와는 달리 동생에 대해서 연민의 마음을 지녔다. 세 번째로 손꼽을 수 있는 악인은 김평산과 임이네다. 두 사람은 타인을 배려하지 않고 자신의 욕망만을 추구한 인물이라는 점에서 공통성을 갖는다. 그러나 김평산은 신분의식에 절은 구시대적 악당임에 비해 임이네는 탐욕의 늪에 빠진 근대적 악인이라는 점에서 차이가 있다. 귀녀는 소름 끼치는 귀기를 내뿜는 악녀이지만 강 포수의 진실한 사랑 앞에 회심을 한다는 점에서 윤이평같이 작은 이익을 좇아 줏대 없이 악의 세계로 빠져드는 존재보다는 인간미가 있는 사람이다.

『토지』에서 아름다운 사람은 주제사상과 긴밀히 연결된다. 따라서 누구를 아름다운 사람으로 보느냐 하는 것은 주제를 무엇으로 파악하느냐 하는 문제에 대한 대답의 형식이 될 수 있다. 이 점에서 일찍부터 독자들의 주목을 받은 인물은 월선이다. 특히 그녀가 임종을 앞둔 시점에서 용이와 나누는 대화의 장면은 "『토지』 전편을 통틀어 가장 아름답고 격조 높은 장면"이란 평을 얻었고 그와 같은 관점에서 천이두는 "이 작품에 제기되어 있는 가장 핵심적 과제는 단적으로 말해서 한을 추구하는 데 있다"고 평가했다. 곧 월선이와 용이가 이루어 가는 "사랑의 생태에서 우리는 한을 '삭이'는 데 성공한 소중한 샘플을 보게 된다"는 해석이다. 이 해석은 『토지』가 한의 문제를 주제로 하고 있고 거기에서 그 '한'을 '삭임'이 매우 중요한 가치로 자리 잡고 있는 작품임을 시사한다. 작품에 등장하는 많은 사람이 한을 품고 살아가지만 그것을 삭이는 데 성공하느냐 하지 못하느냐에 따라 등장인물들은 서로 다른 궤적을 이루며 일생을 살아가게 된다는 관점이다.

월선이와 비슷하게 독자에게 아름다운 사람이라는 인상을 주는 인물은 열 손가락으로 헤기 어려울 만큼 많다. 그 대표적인 인물로는 김환, 송관수, 조병수, 주갑이, 김길상 등을 들 수 있다. 물론 여기에는 월선의 짝인 이용, 김길상의 아내인 최서희, 평사리의 예인 서금돌, 목수 윤보 등을 추가할 수 있고 범위를 넓혀 잡으면 숫자는 훨씬 더 늘어난다.

김환은 최 참판가 윤씨 부인의 사생아일 뿐 아니라 별당 아씨의 연인이다. 그가 아름다운 인물이라는 표현은 어폐가 있을 수 있다. 그는 아름답다기보다는 치열하게 세상과 싸우면서 한평생을 살고 간 인물이라고 볼 수 있기 때문이다. 별당아씨와의 운명적 사랑이 그럴 뿐 아니라, 동학운동의 지도자이면서도 허무의식에 젖어 있는 모습, 스스로 목을 졸라 이승을 떠나는 모습은 영웅적 기상을 느끼게 한다. 이와 비슷한 형태로 치열한 삶을 살고 간 인물로는 송관수를 들 수 있다. 백정의 사위로 신분의 질곡을 느끼면서도 아내와 아들을 지켜 주기 위해 끝까지 세계와 부딪치기를 마다하지 않은 사람, 그리고 한 맺힌 생애를 기꺼운 마음으로 수긍한 인물이 송관수다. 그의 생애에서는 영웅적 기상과는 질을 달리하는 민중의 소박하면서도 적극적인 모습을 발견할 수 있다.

이 두 사람에 비해 조병수와 주갑이, 윤보는 미적 특질을 달리한다. 천이두는 조병수의 인품을 진흙 속에서 피어난 연꽃으로 비유하면서 그의 맑고 깨끗한 눈이 '한량없는 자비의 마음을 간직하기에 이르렀음을 반증하는 것'이라고 보았다. 그가 소목장으로서 예술가의 경지에 이른 것은 그 자비의 마음을 표현한 것일 수도 있다. 그에 비해 주갑이는 떠돌이다. 자유롭게 방랑하는 그의 모습은 세간의 관습이나 기율, 구속으로부터 해방된 상태를 보여 주며 청아한 그의 「새타령」은 예술이라 하여 부족할 것이 없다. 이렇게 보면 소목장 조병수와 가인 주갑이, 목수 윤보는 서로 상통하는 측면을 지니고 있다. 자유인의 기상을 지니고 예술의 세계에서 노닐고 있기 때문이다.

　김길상은 하인이었음에도 불구하고 소설의 주인공이라 할 최서희의 남편이 된다. 그런 마련이 있기 때문인지 그에게는 일찍부터 범상한 사람이 아니라는 표지가 여러 차례 붙었고 마지막에는 관음탱화를 조성하는 인물이 된다. 관음탱화는 소설의 주제에 긴밀히 연관되는 상징적 의미를 가지고 있다. 해골 골짜기의 생명나무와 함께 가장 높은 경지의 삶의 양태, 자비행을 상징하고 있기 때문이다. 수려한 이목구비와 생명에 대한 연민, 최서희를 끝까지 지키고 계명회에 관여하여 민족운동을 한 사건들, 마침내는 관음탱화를 조성한 일은 사람들이 김길상을 아름다운 인물로 기억하게 만드는 배경이 된다.

김길상과 흡사하게 수려한 얼굴을 지니고 있는 이용은 월선의 연인이란 점에서 많은 주목을 받지만 그의 행동과 삶은 절제력과 인내심이 인간의 품격을 높이는 대표적인 사례다. 어머니의 말을 거역하기 어려워 강청댁과 결혼하는 모습은 도리를 지키는 행위라는 점에서 유교 윤리의 정수를 흡수한 듯이 보이는 한 양태이고 사랑하는 연인의 목숨이 경각에 달려 있음에도 벌채를 끝내고서야 찾아가는 행위에서는 내면적으로 형성된 강인한 정신력을 엿보여 준다.

이들 인물의 특성을 앞에서 범례적으로 고찰한 세계문학의 고전들과 연계시켜 고찰하면 조준구와 임이네는 소유물을 버리고 영혼을 구하라는 「길가메시 서사시」의 주제와 대응한다. 그들은 탐욕으로 인해 삶의 구렁텅이에 빠져 있다. 이에 비해 인류의 공동운명에 대한 유대의식은 김환, 송관수, 윤보 등에게서 찾아볼 수 있다. 「마하바라타」에서 크리슈나를 통해 역설된, 제사보다도 영성을 중시하는 태도는 조병수, 김길상 등에게서 범례를 찾아볼 수 있다. 이

태도는 『서경』에 나타난 '흠欽'의 정신과 긴밀히 연결된다고 할 수 있는데 『토지』에서는 모든 일에 정성을 다하는 한 시골 노파의 삶에서 전형적으로 드러난다. 이 시골 노파의 삶과 정성은 어찌 보면 일제 말기를 살아가는 조선 민족의 영성을 대표한다 할 수 있을 것이고 그 영성의 힘이 해방역사解放役事를 일구어 낸 근원적인 힘이라는 게 작가의 인식이었다고 생각된다. "생명 있는 것은 모두 영성입니다. 영성 없이 운동하겠어요?"라고 물은 작가의 질문은 그 인식을 명징하게 드러내 준다. 그러므로 주갑이를 비롯한 자유인들, 관음탱화를 원력으로 조성한 김길상, 슬픔으로 눈가가 짓무른 성환 할머니의 참상은 모두 그 영성의 표현이라고 할 수 있다.

지금까지 『토지』에 등장하는 인물들을 아름다운 사람과 악인으로 구분하여 살펴보았다. 그 고찰은 작중인물을 소개하는 데에만 초점이 맞추어져 있지 않다. 우리는 흔히 소설의 주제를 행위 주체에 초점을 맞춰 이해한다. 실제로 행위 주체는 소설의 주인공이니만큼 그들을 통해서 작품의 의미를 읽는 것이 근본적으로 잘못된 일이라고 할 수는 없다. 많은 독자가 개별 인물들이 지닌 한과 그 한을 극복하는 방식을 통해서 주제를 읽어 내는 것은 그에 말미암는 것이라고 할 수 있다. 『토지』 역시 일제 강점의 현실에서 조선 민족이 어떻게 삶을 영위함으로써 해방을 일구었는가가 핵심적 주제가 된다고 보면 등장인물들 하나하나의 삶의 방식은 관심의 초점이 된다.

그러나 이 책에서 제시된 소설 읽기 방법은 기왕의 방식과 많이 다르다. 작품을 집중하여 읽으라는 조언은 독서 교사들의 가르침과 기본적으로 동일하고, 구조 전체를 파악해야 한다는 요구도 독서 이론들이 제시하는 내용과 비슷하다고 여겨질 수 있지만 운동에 주목하라는 요구, 영성 없이 운동이 있겠느냐는 작가의 질문은 기존의 읽기 방법과 전혀 다른 길을 제시하고 있다. 그 다른 길이란 세부로부터 전체로 상향하는 길이 아니라 전체로부터 세부로 나아가는 방법이다. 여기서 즉각 반문이 제기될 수 있다. 부분을 읽지 않고 어떻게 전체를 알 수 있느냐는 소박한 질문이다. 이에 대한 대답은 그리 어렵지 않다. 독서는 분명히 부분에서 부분으로 이어져 가면서 행해지는 것이지만 전체를 다

읽지 않은 상태에서, 다시 말해서 전체를 파악하지 않은 상태에서 부분의 읽기란 아직 독서가 제대로 시작되지도 않은 것이기 때문이다.

읽기는 작품에 대한 독서가 끝난 다음에 비로소 시작된다. 쉽게 말해서 물리적인 책 읽기 다음에 진짜 독서가 시작되는 것이다. 롤랑 바르트 등 현대의 비평가들이 '다시 읽기'를 강조하면서 그것이 '구조 전체'를 파악하는 일이라고 말하고 있는 것은 이 점을 이해하는 데 도움이 된다. 독자의 이해를 위해서 구체적인 사례를 들어 설명하면,『토지』를 다 읽고 깊이 생각했을 때에 맨 먼저 떠오르는 것은 푸르른 밤하늘이다. 향가「찬기파랑가」에서 볼 수 있는 흰색과 파란색의 대조효과와 같은 청신한 이미지이다. 그 밤하늘에는 무수히 많은 작은 별들이 깜박거리고 있다. 이것이 독서를 마쳤을 때 독자가 처음 마주치는『토지』의 외면적 형상이다. 많은 독자들이 이 단계에서 독서를 멈춘다. 작품의 분위기를 느끼고 구체적인 형상을 보았기 때문에 이로써 충분하다고 생각하는 셈이다.

그러나 이 외면적 형상은 출발점일 뿐이다. 그 외면적 형상을 놓고 깊이 생각하면 그 앞 단계의 형상이 눈에 들어오고 더 깊이 생각하면 또 그 앞의 형상이 눈에 들어온다. 이같이 여러 단계를 이야기하고 있지만 그것들이 포착되는 시간은 그리 길지 않다. 그리고 그 짧은 순간들이 한 시점에서 통일될 때 이제는 앞서와는 반대 순서로 빅뱅으로부터 인플레이션 단계로, 인플레이션에서 우주가 점차 질서를 잡으며 정돈되는 상태로, 그리고 나서 푸르른 밤하늘을 배경으로 별들이 정지된 속에서 깜박거리는 상태로 전개된다. 이렇게 전체가 하나로 합쳐졌을 때 그것을 본질적 통일이라고 한다.

이와 같이 하나의 움직이는 영상이 어떻게 해서 이루어져 있는가를 세부적으로 고찰하는 단계가 롤랑 바르트가 말하는 '다시 읽기'의 단계이다. 아나톨 프랑스의 『타이스』를 가지고 다시 설명하면, 작품을 다 읽고 나서 깊이 음미하면(『타이스』에서는 깊이 음미할 필요도 없이 즉각적으로 느껴지는 것이지만), 모래시계의 위쪽에 있던 것들이 아래로 내려가고 아래쪽에 있던 것들은 위쪽으로 올라가는 기氣를 느낄 수 있다. 숙달된 독서가들은 이 기氣, 기운을 잘 포착하는데,

이 모래시계 모양의 기가 어떻게 해서 만들어져 있는가를 '다시 읽기'를 통해 음미하면 파프뉴스의 맑은 기는 위에서 아래로 내려오고 타이스의 탁한 기는 아래에서 위로 올라간다는 사실을 파악할 수 있다. 이것이 '다시 읽기'이다. 이 다시 읽기를 통해 부분과 세부들이 어떤 관계로 맺어져 있는가를 파악하게 되면 이제 우리는 작품에 대해 서슴없이 자유롭게 말할 수 있게 된다. 이럴 경우 작품의 주제는 전체 형상이 함축한다.

『토지』의 경우 한말에서 해방까지의 역사가 주제이기도 하고, 오행으로 표현된 생장수장이란 자연의 이치가 주제이기도 하며 말씀들의 통일로 가능해진 해방역사解放役事가 주제이기도 하다. 이러한 견해는 시작詩作이 존재의 개시開示라는 하이데거의 이론에 유념하여 성립된 것이다. 여기서 푸르른 밤하늘의 청신한 기상이나 작품 초반의 긴장과 이완의 리듬은 작품에 깃든 일종의 아우라라고 할 수 있다. 그것들 모두가 합쳐져서 작품의 전체 형상을 이룬 것이므로 어떤 하나만을 주제라고 하기 어렵다.

이러한 관점에서 가장 쟁점이 될 수 있는 사항은 한이나 생명사상, 대자대비 등을 주제로 파악하는 견해이다. 주제 사상이라고 하면 두루뭉술하게 넘어갈 수도 있는 사항이지만 작가가 어떻게 살아야 할 것인가 하는 문제에 깊은 관심을 기울이고 있다는 점을 고려하면 무심히 지나칠 수도 없다. 이 문제를 고려하는 데는 소망과 한, 해골 골짜기의 생명나무와 연꽃 속의 보석, 생명사상과 대자대비의 관계를 살피는 것이 도움이 되리라고 생각한다.

『토지』의 '서장'에는 '소망'이란 말이 세 번 등장한다. 이제 막 작품을 시작하는 장면에서 심상치 않은 뜻을 간직한 것으로 보이는 단어가 세 번이나 연속해서 사용된다는 것은 독자로서 볼 때는 예사로운 일이 아니다. 소망은 '원래부터 늘 바라 오던 일 또는 평소의 희망'이다. 이 소망은 박경리의 문학에서 한과 긴밀하게 연결된다. 작가는 직접적으로 "태어나면서 죽음에 이르는 생명, 그 원초적 숙명에 심어진 것이 한恨이 아닐까"라고 의견을 밝힌 적이 있다. 이와 관련해 평론가 천이두는 등장인물의 한 사람인 조병수를 다루면서 다음과 같이 말하고 있다.

"조병수 자신은 한을 일러 소망이라 말할 수도 있다고 하였다. 작가 박경리씨 자신도 한을 일러 염원이라 하였다. 소망이니 염원이니 하는 것은 한에 있어서의 지향성을 이름이라 하겠다. 이는 한의 중요한 한 속성이다. 그런데 지향성 자체는 윤리·도덕적 자리에서 보면 가치 중립적인 것이다. 그것을 가치 지향적인 방향으로 꾸준하게 궤도 수정을 하고 질적 변화를 일으키게 하는 것, 그것이 곧 한에 있어서의 '삭임'의 기능이다. 조병수는 『토지』라는 소설 공간 안에서, 자신의 한을 삭이어 맑은 물처럼 승화시키는 데 성공한 가장 대표적인 인물이다. 조병수가 다다른 지점이야말로 작가 박경리씨가 지향한 지점이 아닐까 한다."[14]

천이두는 한의 어두운 측면을 원怨, 원寃, 탄嘆, 설움(悲哀)으로 나누고 밝은 뜻을 정情과 원願 두 가지로 구분하고 있다.[15] 그가 말하는 '삭임'은 한이 가지고 있는 부정적 속성을

---

14 천이두, 「한의 여러 궤적들」, 『박경리』, 새미, 1998.
15 천이두, 『한의 구조 연구』, 문학과지성사, 1993.

끊임없이 초극해 가는 과정에서 가치를 생성하는 기능을 말하는 것으로 그 전형적 표현은 판소리, 가곡 등의 '시김새'에서 이루어졌다. 그의 견해에 따르면 『토지』는 등장인물들이 자신의 한을 삭이는 여러 궤적을 형상화하는 데 특징이 있다. 이와 같은 관점은 많은 사람의 공감을 얻어 『토지』를 한의 문학이라고 규정하는 데까지 이르렀다. 그러나 작가는 한의 문제를 소망의 좌절과 그 삭임의 과정에 국한하지 않고 생명의 문제로 끌어올린다. 한은 '생명과 더불어' 온 '생명의 응어리'이며 '생사가 모두 한'이란 것이다. 여기에 이르면 한의 문제는 한 개인의 차원에만 관련되는 것이 아니라 인간존재의 궁극적인 신비에까지 소급된다. 엘리아데가 출생과 죽음, 부활을 '단일한 신비의 세 가지 모멘트'라고 한 데서 드러나듯이 그것은 통과제의로 변형되는 인류의 의식과 정신의 뿌리에 닿아 있는 것이다. 이 점에서 『토지』의 대표적인 이미지인 해골 골짜기의 생명나무와 연꽃 속의 보석은 작품의 주제사상을 표현하는 상징성을 획득한다.

해골 골짜기의 생명나무는 자신의 죽음을 통해 생명을

회복하려는 예수의 수난상이다. 또 연꽃 속의 보석은 관음보살의 자비행을 상징하는 이미지이다. 전자가 죽음의 세력을 물리치고 되살아난 생명을 직접적으로 제시하고 있다면 후자는 깨달음의 과정을 거쳐서 행동으로 나아가는 구체적인 경로를 보여 주고 있다. 소설에서 이러한 상징이미지는 작가의 생명사상을 보여 주는 표상으로서 현실적인 의미를 지니게 된다. 일제 강점의 현실은 탐욕의 존재들을 죽음을 상징하는 것으로, 한을 삭여 스스로 깊어지는 이들을 생명을 상징하는 것으로 인식할 수 있게 해 주었기 때문이다. 이에 대해서 필자는 다음과 같이 그 전말을 요약한 바 있다.

"삶과 죽음에 대한 작가의 오랜 성찰은 소유양식에서 죽음을 보고 존재양식에서 삶의 희망을 찾은 것이며, 그것을 해골 골짜기의 생명나무란 상징이미지로 형상화한 것이다. 그 생명나무가 '연꽃 속의 보석', 삶의 지혜와 슬기에서 생겨난 자비행이란 구조를 갖추고 있다는 것은 이 자리에서 다시 환기될 필요가 있다. 삶의 지혜와 슬기는 한을 삭이는 길고 긴 발

효의 과정에서 생겨나는 것이고 자비는 그 지혜와 슬기를 통해서, 그 힘의 온축 속에서, 성기고 비워진 사람에게서만이 찬연한 빛을 낼 수 있는 것이다."[16]

철학자 김진석은 『토지』가 "인물이 소설 속에서 어떻게 존재할 수 있는가를 탐구하는 소설"이라는 관점에서 그 형상화 방식의 특성을 '소내疎內'라는 개념으로 압축했다. 『토지』의 인물들은 이제 더 이상 자신의 고유한 육성과 통일된 육체를 가진 인물이 아니라 우연과 갈라짐을 겪음으로써 계속 변화하는 인물이라는 것이다. 그는 이 서술 방식을 '성긴 서술의 그물망'이라고 이름 붙이면서 이렇게 설명하고 있다.

"이 인물들은 소설이 만들어내는 인물로서 그저 현실의 단일한 인간이 아니다. 우연과 갈라짐을 생성시키듯이 인물은 바로 그런 갈라지는 가지로 존재한다. 또 그런 갈라짐이 그물

---

[16] 최유찬, 앞의 책, 443쪽.

망처럼 엮어지는 자리이기도 하고, 그늘이 겹으로 쌓이는 속에서 생성한다. 그들이 놓여 있는 상황은 슬프고 외로운 정황이지만 인물들은 소외된 상태에 있지는 않다. 인물들의 작은 몸이 열리면서 그 몸은 우주의 몸으로 열린다. 우주의 슬픔과 외로움이 그 작은 몸 안으로 열리면서 들어온다. 그 몸은 열리며 성겨진다. 이 상태에서 인간은 소내한다. 그렇다면 그렇게 성기고 갈라지는 많은 가지들의 그물망이 한 인간 안에 들어 있을 수 있을까? 결코 쉽지 않은 상태이다. 그렇지만 주갑이의 작은 몸은 놀랍게도 이 가느다란 가지들의 복합체이다. 부피는 작지만 표면을 늘이는 몸."[17]

김진석이 묘사하고 있는 『토지』의 형상화 방식은 사실주의를 기율로 채택하고 있는 작품들과는 많은 차이를 지닌다. 특히 그것이 4, 5부의 형상들에 대한 묘사라고 보면 김진석의 서술은 매우 정치한 미적 감각을 보여 준다고 할 수 있다. 그런데 김진석이 주목하고 있는 『토지』의 서술 방식

---

17 김진석, 「소내하는 한의 문학: 『토지』」, 『한·생명·대자대비』, 솔, 1995, 264쪽.

은 단순히 기법적인 차원을 넘어서 세계관적인 차원의 의미를 지닌다. 그것은 일제의 침략에 대해서 보복이나 복수의 방법이 아니라 해한과 삭임, 자비행의 방법으로 대응한 한민족의 삶의 방식과 깊이 연관된다. 그렇기 때문에 김진석은 이와 같은 서술 방식을 동학과 연결시킨다. 동학이 지닌 특징은 다른 종교에서와는 달리 차안과 피안의 간격이 그리 크지 않다는 데 있다. 이러한 특징은 종교로서 동학의 취약점이기도 하지만 그것이 오히려 강점으로 작용할 수도 있다는 것이 그의 주장이다. 현실과 이상을 구별하는 경우 어떤 사상이나 종교도 근본적인 해결이 될 수 없다는 논리다.

이쯤에서 『토지』와 동학, 그리고 샤머니즘의 관계에 대해서 일별하는 일이 필요해 보인다. 작가는 국문학자들과의 대담에서 우리 민족의 조상들이 생명 있는 모든 존재에 깃들었을 영성을 믿었고 그들과의 교신을 바라 왔으며 그것이 샤머니즘의 뿌리라는 견해를 피력한 바 있다. 그러나 인간 사회 초기의 위대한 직관은 과학시대에 이르러서 미신의 영역으로 축출되었고 그에 따라 눈에 보이고 증명할 수 있는 것만이 인정되는 사태에 이른다. 이러한 경향 속에서 샤머니즘으로부터 풍류도를 거쳐 간신히 명맥만을 이어 온 한민족의 고유한 사상 전통은 동학을 통해 '뜻밖에 빛나는 사상 문화 전통으로 부활'할 계기를 만든다. 김정설은 수운의 수련요결 '시천주조화정영세불망만사지侍天主造化定永世不忘萬事知'의 '시천주'를 해설한 '내유신령 외유기화內有神靈 外有氣化'가 우주관이기도 하고 인생관이기도 하며 수행관의 원칙이기도 하다는 입장에서 "천인天人이 일기一氣인지라 언제나 사람이 자각해서 진실로 성경신誠敬信으로써 시천주를 할 때는 내內로 신령과 외外로 기화氣化의 천인이 묘합妙合할 터이니, 이러한 천인묘합 경계에선 언묵동정言默動靜이 한가지로 천天의 소위所爲에 합할 것이다"라고 말한다.

　필자는 이와 같은 관점이 『토지』가 보여 주는 세계상, 주제사상을 설명하는 데 가장 적합하다고 본다. 작품의 구조를 설명하거나 그 사고 방법을 마련하는 데 적합할 뿐 아니라 그에 의해서 얻어진 세계 인식의 정당성에서도 한 발 앞서 나가고 있다고 보기 때문이다. 그 인식이 '일음일양지위도一陰一陽之謂道'라는 동방의 표현을 요구하는 것일지라도 그에 의해서 『토지』의 본모습이 정확히 파악된다면 그것을 회피할 이유는 없다는 관점이다. 이 표현에서 도道는 유교의 도이기도 하고 도가의 도이기도 하며 불교의 도이기도 하다.

그것은 자신의 자리를 고집하는 태도에서 벗어나 있다. 뿐만 아니라 그것은 우주관이자 인생관이며 수행관이기도 한데 인간으로부터 분리된 어떤 실체를 상정하지 않기 때문이다. 그 표현은 만물이 모이고 흩어지는 운동을 정연한 순환으로 인식하고 있다. 일제 강점의 현실에서 조선 민족이 해한과 삭임의 숨결을 간직하며 생명의 운동을 이어 나아갈 수 있었던 것은 그 인식에 바탕을 두고 있다. 『토지』의 주제사상은 이 형식을 통해서 비로소 표현을 얻고 있다고 할 수 있다.

박경리의 주요 작품

「계산」, 〈현대문학〉 1955. 8.

「벽지」, 〈현대문학〉 1958. 3.

『애가』, 〈민주신보〉 1958.

『표류도』, 〈현대문학〉 1959.

『노을진 들녘』, 〈경향신문〉 1961.

『김약국의 딸들』, 을유문화사, 1962.

『가을에 온 여인』, 〈한국일보〉 1962.

『시장과 전장』, 현암사, 1964.

『파시』, 〈동아일보〉 1964.

『환상의 시기』, 〈한국문학〉 1966.

『Q씨에게』, 현암사, 1966.

『토지』, 〈현대문학〉 1969.

『창』, 〈조선일보〉 1970.

『단층』, 〈동아일보〉 1974.

『원주통신』, 지식산업사, 1985.

『못 떠나는 배』, 지식산업사, 1988.

『꿈꾸는 자가 창조한다』, 나남, 1994.

『문학을 지망하는 젊은이들에게』, 현대문학, 1995.

『우리들의 시간』, 나남, 2000.

『나비야 청산가자』, 〈현대문학〉 2003.

『생명의 아픔』, 이룸, 2004.

『버리고 갈 것만 남아서 참 홀가분하다』, 마로니에북스, 2008.

박경리의 삶과 시대

1926년 10월 28일 경남 통영 출생. 본명 박금이朴今伊.

1945년 진주고등여학교 졸업.

1946년 1월 30일 김행도金幸道 씨와 결혼. 딸 김영주金玲珠 출생.

1950년 12월 25일 남편과 사별.

1953년 피난에서 돌아와 잠시 신문사, 은행 등에 근무.

1955년 8월 〈현대문학〉에 단편 「계산」이 김동리에 의해 초회 추천됨.

1956년 8월 〈현대문학〉에 단편 「흑흑백백」이 추천됨. 문단 활동 시작.

1958년 첫 장편 『애가』를 〈민주신보〉에 연재.

1959년 『표류도』를 〈현대문학〉에 연재. 이 작품으로 내성문학상 수상.

1960년 『성녀와 마녀』를 〈여원〉에 연재.

1961년 『내 마음은 호수』를 〈조선일보〉에, 『노을진 들녘』을 〈경향신문〉에 연재.

1962년 전작 장편 『김약국의 딸들』을 을유문화사에서 간행.

1963년 『그 형제의 연인들』, 『가을에 온 여인』을 간행.

1964년 『파시』를 〈동아일보〉에 연재. 『시장과 전장』을 현암사에서 간행.

1965년 『시장과 전장』으로 한국여류문학상 수상. 『파시』를 현암사에서 간행.

1966년   수필집 『Q씨에게』, 『기다리는 불안』을 현암사에서 간행.

1967년   『겨울비』를 〈여성동아〉에 연재.

1968년   「약으로도 못 고치는 병」을 〈월간문학〉에 발표.

1969년   9월 『토지』 1부를 〈현대문학〉에 연재.

1972년   10월 『토지』 2부를 〈문학사상〉에 연재. 『토지』 1부로 월탄문
         학상 수상.

1973년   딸 김영주와 시인 김지하 결혼. 『토지』 1부를 삼성출판사에
         서 간행.

1974년   『단층』을 〈동아일보〉에 연재. 『토지』 2부를 삼성출판사에서
         간행.

1977년   『토지』 3부를 〈주부생활〉에 연재. 수필집 『호수』, 『거리의 악
         사』 간행.

1978년   『나비와 엉겅퀴』를 범우사에서 간행.

1979년   『박경리 문학전집』을 지식산업사에서 간행. 『영원한 반려』
         간행.

1980년   『토지』 3부를 삼성출판사에서 간행.

1983년   『토지』 4부를 〈정경문화〉에 연재.

1984년   한국전후문학 30년의 최대 문제작 세 편 가운데 하나로 『토
         지』 선정.

1985년   『원주통신』을 지식산업사에서 간행.

1987년   8월 『토지』 4부를 〈월간경향〉에 연재.

1988년   시집『못 떠나는 배』를 지식산업사에서 간행.

1990년   제4회 인촌상 수상. 중국기행문『만리장성의 나라』간행.

1991년   연세대학교 원주캠퍼스에서 '한국문학의 이해' 강의.

1992년   9월『토지』5부를 〈문화일보〉에 연재. 연세대학교에서 '소설
          창작론' 강의.

1994년   8월『토지』탈고. 5부 16권으로 솔출판사에서 간행.『토지』1부
          불어판 출간. 이화여자대학교에서 '명예문학박사' 학위 수여.
          한국여성단체협의회에서 '올해의 여성상' 수상. 유네스코 서
          울협의회에서 '올해의 인물'로 선정.

1995년   연세대학교 객원교수로 임용. '소설창작론' 강의.『토지』1권
          영어판 출간.

1996년   3월 제6회 호암상 예술상 수상. 4월 칠레정부로부터 '가브리
          엘라 미스트랄 문학기념메달' 수여. 5월 토지문화재단 창립
          발기인 대회.

1997년   연세대학교 용재석좌교수로 임명됨. 8월 15일 토지문화관
          기공식.『시장과 전장』불어판 출간.

1999년   토지문화관 개관.

2000년   시집『우리들의 시간』을 나남출판사에서 간행. 출판인이 뽑
          은 20세기 '우리의 최고의 작가'에 선정됨.

2001년   토지문화관에 문학예술인의 창작을 지원하기 위한 창작실을
          설치 운영 시작.『토지』독어판 출간.

2002년   나남출판사에서『토지』21권 간행. 토지문화관에 시민을 위

한 문학강연 프로그램 시작.

2003년   환경·문화 계간지 〈숨소리〉 창간. 장편소설 『나비야 청산가
         자』를 〈현대문학〉에 3회 연재(미완).

2004년   수필집 『생명의 아픔』을 이룸출판사에서 간행.

2006년   『김약국의 딸들』 중국어판 출간.

2007년   신원주통신 『가설을 위한 망상』을 나남출판사에서 간행.

2008년   4월 시 「까치설」, 「어머니」, 「옛날의 그 집」을 〈현대문학〉에
         발표. 5월 5일 별세. 정부에서 금관문화훈장을 추서함. 경상
         남도 통영시 산양읍 통전리 미륵산 기슭에 안장됨.

참고문헌

김윤식, 『박경리와 토지』, 강, 2009.

김은경, 『박경리 문학 연구』, 소명출판, 2014.

김치수, 『박경리와 이청준』, 민음사, 1982.

박상민, 「박경리 토지에 나타난 악(惡)의 상징 연구」, 연세대학교 박사
      학위논문, 2009.

이덕화, 『박경리와 최명희, 두 여성적 글쓰기』, 태학사, 2002.

이상진, 『토지 연구』, 월인, 1999.

정현기 편, 『한과 삶』-『토지』 비평 1, 솔, 1994.

　　　　, 『한·생명·대자대비』-『토지』 비평 2, 솔, 1995.

조남현 편, 『박경리』, 서강대학교출판부, 1996.

조윤아, 『박경리 문학 세계』, 마로니에북스, 2014.

천이두, 『한의 구조 연구』, 문학과지성사, 1993.

최유찬, 『토지를 읽는다』, 솔, 1996.

　　　, 『문학과 게임의 상상력』, 서정시학, 2008.

　　　, 『세계의 서사문학과 토지』, 서정시학, 2008.

　　　 편, 『박경리』, 새미, 1998.

토지학회 편, 『토지와 공간』, 마로니에북스, 2015.

_____, 『토지와 서사 구조』, 마로니에북스, 2016.

_____, 『박경리와 전쟁』, 마로니에북스, 2018.

한국문학연구회 편, 『『토지』와 박경리 문학』, 솔, 1996.